# Soluna. Embrujos de amor y guerra

NOVELA

# Soluna.
## Embrujos de amor y guerra

## YASMÍN SIERRA MONTES

Deslinde
NOVELA

Director editorial: Francis Sánchez
Diseño de logotipo: Francis Sánchez
Edición: Ileana Álvarez
Diseño y maquetación: Manuel Iznaga

Cubierta: © Cosme Proenza Almaguer, *Cecilia Valdés II*, 2002
óleo/tela, 229 x 143 cm

ISBN: 978-84-09-11239-5
Depósito Legal: M-16365-2019
Impreso en Madrid, España, 2019


www.edicionesdeslinde.com
f  edicionesDeslinde
y  eDeslinde

info@edicionesdeslinde.com

Apartado Postal: 20008
Calle Alcalde López Casero 3, 28027, Madrid, España
Teléfono fijo: +34 919 42 73 17

A los primitivos habitantes del Valle, que murieron
de hambre y enfermedad y ni siquiera
conocemos sus epitafios.

A la memoria de mis dos abuelos:
Agustín Sierra Martínez, mambí,
y Antonio L. Montes y Suárez, español.

Para mis hijas Yasmín y Dayana.

Para Lorena, Sofía, J. Guillermo y J. Antonio.


Para Fredo Arias de la Canal.

*Hay dos Españas: la del soldado y la del poeta.*
*La de la espada fratricida y la de la canción vagabunda.*
*Hay dos Españas y una sola canción.*

LEÓN FELIPE

«La guerra no es contra el español,
que, en el seguro de sus hijos y en el acatamiento
a la patria que se ganen, podrá gozar respetado, y
aún amado, de la libertad que sólo arrollará a los
que le salgan, imprevisores, al camino».

JOSÉ MARTÍ

# I

Eran soldados y, como buenos soldados, arruinaron con hachas, espadas y arcabuces, la tranquila civilización que habitó la Isla. La orden era terminante: eliminar a todo el que se opusiera a la ley.

Octavio será capitán, pensó su madre cuando le vio divertirse con espadas, sacrificar animales, ofrecer golpizas a sus hermanos, y abrirse paso con saña entre el grupo de soldados que, esforzados en su rivalidad, poseían la secreta aspiración de gobernar la tropa. Su mandíbula era cuadrada, su tez sombría y sus ojos apagados de medirlo todo.

Por mi parte, a mí, Soluna, con mis veinticinco años, el abandono y el tormento de múltiples guerras no lograron despojarme del buen juicio ni del cuerpo animoso. El día en que Octavio, para nuestra mala estrella, me encontró, yo estaba inclinada frente a un fogón.

En esos tiempos aún no se había extendido mi fama como la mala hierba. Era solo una sencilla mujer buscando una prenda extraviada que tal vez consiguiera salvarle la vida. Por ello, trataba de permanecer ajena a lo que acontecía a mi alrededor, pues bien sabido es lo etérea que se vuelve la mente en esos trances espinosos en que es preciso mantenerla tranquila.

Con oídos sordos me afanaba en encontrar mi talismán de la buena suerte, la noche antes lo había escondido entre las cenizas del fogón. El ejército de soldados dirigido por Octavio había pasado por las armas a casi todos los hombres del sitio. La mitad del pueblo ardía en llamas, las mujeres daban gritos desesperados, los niños corrían tras sus madres. Al frente de sus soldados había permanecido en su tarea maligna por más de tres horas.

Todos los hombres del pueblo defendieron su honra y su pedazo de tierra con empeño, pero ante la desigualdad de un ejército bien armado y entrenado en las más sofisticadas estrategias de combate, fueron perdiendo los campesinos el empuje y comenzaron a sucumbir bajo el filo de las armas. Aquellos soldados asesinaban sin miramientos.

Todos los pobladores del Collado sabían que era yo la cómplice más atenta de las tropas mambisas que operaban en la zona, en la madrugada habían mandado a uno de sus hombres. Este llegó inesperadamente en busca de unos remedios, y se sorprendió al conocer la noticia de que las tropas españolas ya habían arribado a nuestro territorio y estaban a punto de invadir el Collado, aproveché la ocasión para mandarles un aviso añadiendo que viniesen en nuestro auxilio, por ello todos los pobladores que colaboraban al igual que yo sin tapujos ni secretos tenían la certeza de que, de un momento a otro, llegarían los refuerzos, pero tardaban en llegar y esto me mantenía en vilo. Sentí que alguien gritó:

—¡Octavio, nos queda aquella casa!

—Iré yo, tomen un respiro, después continuamos.

Los hombres bajaron sus armas y realmente tomaron un descanso. Nadie siguió al Capitán, por ello orientó sin titubeos la marcha hacia el caminito de piedras que daba acceso a mi hogar sombreado por las hiedras. Será cosa de pocos segundos, se dijo, y con frenética marcha penetró.

A primera vista sus ojos se ofuscaron, el interior permanecía en sombras y debió pestañear varias veces para ver algo, pues de nada valía su coraje si no lograba distinguir el objeto de su crueldad.

Luego de esforzar la mirada me advirtió agazapada en la sombra y de espaldas a él, por mi parte permanecí muy quieta aguardando la muerte, mientras revolvía con un dedo las cenizas, entregada a la mala suerte nada quería saber de lo que ocurría a mis espaldas. El hombre levantó la espada con toda la fuerza de que era capaz; cuando casi la iba a descargar sobre mi cabeza, interrumpí su acción:

—No perturbes mi círculo.

El Capitán quedó sorprendido. ¿Quién era aquella mujer que persistía arrodillada, ajena a los gritos que venían desde el exterior? ¿Es que la infeliz no se daba cuenta de su malaventura? Era la primera vez en muchos años que alguien no se espantaba al verle aparecer con la espada en alto y el rostro cubierto de sangre. Quizás si viera que era un militar que llegaba a asesinarle se agitaría de espanto. ¡Que le mirara a la cara! Era justamente lo que necesitaba. Cuando le distinguiera, sería posible cumplir su tarea.

—¡Vuélvete, desgraciada, que voy a matarte! —aulló Octavio.

No agité un solo tendón de mi cuerpo. Paralizada por el espanto proseguí en mi tarea de mirar entre las brasas. Resopló como un toro excitado. Alzando de nuevo la espada, quiso descargarla con todo el furor de su arrebato sobre las greñas sueltas que cubrían mi espalda y parte de la cintura. A unos centímetros su mano se inmovilizó.

Este hombre había cometido en su vida toda suerte de bestialidades, pero nunca decapitar a una mujer acuclillada. El miedo en los ojos de la víctima siempre fue una atenuante que aligeraba su tarea de verdugo. Buen estímulo que le miraran con ojos suplicantes, que exclamaran «¡Ten clemencia!»

Me negué a mirarle y eso inflamó su ira.

Una oleada de calor le subió al rostro. No era una experiencia agradable para él, siempre había ejecutado su tarea de forma simple, sin el estorbo de detenerse a meditar si las víctimas lo merecían o no. Dejó caer el arma enjuagando el sudor que le corría por la cara. Debía emplear para su infortunio una maniobra distinta.

Comenzó a percutir la espada sobre las piedras grises del fogón. Luego de patalear el suelo varias veces, de rugir como un león en celo y dar un revolcón a mis cabellos, volvió a preguntarse por qué seguía allí imperturbable.

Fue una sospecha, una nube en lo profundo de la mente que se desliza imperceptible y que, de súbito, para su estupor, asume forma definitiva. Una posición que de ningún modo había imaginado: incapacidad. Sus mandíbulas crujieron y, cogiéndome por los brazos, me sacudió con rabia, mientras gruñía:

—¡Maldita, mírame… he venido a matarte!

Creyó que cuando me soltara me lanzaría a correr, momento favorable para arrebatarme de un tajo la cabeza, pero se equivocó, algo me mantuvo inmóvil. Sin sacudir de mis brazos los lamparones de sangre seca que había dejado pegados, me reacomodé en mi anterior posición y dije con voz impasible:

—No perturbes mi círculo.

El hombre quedó atónito. ¿Qué hacía aquella mujer, allí recogida, sin importarle la amenaza que sobre ella pesaba? Juzgaba que eso era lo primero que debía averiguar. Quizás si hubiera empezado por ahí, ya estaría ejecutada su faena. Lentamente se agachó hasta ubicarse a la par de mi cuerpo y echó un vistazo.

Sentí mi sangre arder al percibir su aliento tan cerca de mí, todo su cuerpo despedía, en ráfagas intermitentes, ese olor a fruto podrido que antecede a la muerte, ese hedor que hace a las auras y a las bestias seguir el rastro y ponerse al acecho… efluvio que de tan dulce causa repulsión. Aquel aroma brotaba de sus entrañas y esto me inquietó.

No supe qué hacer, no estaba segura de si salvaría mi vida o no. Así que continué trazando pequeños círculos de ceniza frente a las brasas, mientras aspiraba con repugnancia aquel olor a muerte.

Él, a su vez, pensó: «¿Qué puede esta pobre muchacha contra el poderío de un ejército que por dondequiera que pasó solo dejó guijarros, y que, con solo mencionarles, los hombres más temidos caían presos del espanto? ¿Por qué permanece quieta y afanada en esa tarea de trazar círculos de ceniza junto al fuego? ¡Una hechicera!», razonó espantado, no podía tratarse de otra cosa. La muchacha había forjado aquel embrujo para apoderarse de su fibra y su coraje.

¿Por qué seguía pasivamente los trazos dejados por el índice de la muchacha sobre el suelo cubierto de cenizas? ¿A qué insólito poder había acudido para someterlo a él, un prestigioso capitán, como si fuera un insignificante aprendiz de guerrero?

Decidió fingir que estaba embelesado con aquellos círculos para robar mi atención. Desplegando su manopla de varón curtido intentó delinear con dificultad unos enclenques redondeles que jamás coincidían en su recorrido con el punto de inicio. Así se mantuvo un rato, mientras a cada instante, y sin disimulos, me echaba un vistazo. Entonces, comenzó a percibir un extraño adormecimiento, su respiración se hizo lenta, su pulso se aquietó, hasta lograr sentir el ligero ardor que aún desprendían algunos carbones dispersos.

Bajó el brazo limpiando el rostro con la manga de su uniforme, debía tomarse un respiro. Desde allí se podía escuchar claramente a los soldados enarbolando sus himnos de combate. Y se alegró de que siguieran infatigables cumpliendo su misión. Sentía sed, pero se aguantó las ganas. Miró en derredor. Era la mejor casa que había encontrado en su peregrinar, las paredes construidas con pedruscos llanos de río. Percibió también un penetrante olor a hierba y cirios quemados.

Hace mucho tiempo que no visito una iglesia, pensó, esta idea le causó un temblor decidiendo apartarla; prosiguiendo con su recorrido visual, vio tiestos con henos fragantes, reliquias e idolillos oscuros colgados de las paredes, pomos con animales embalsamados, cazuelas de varios colores conteniendo Dios sabría qué mejunjes, y una inmensa cruz de conchas sobre el lecho. La vista de este, le produjo un hormigueo entre sus piernas, pero sabía para su deshonra que no tendría consecuencias posteriores, y esto le produjo el mayor de los tormentos.

Un soldado podía ser vil o mentiroso, ser más o menos bravo, tener gustos muy disímiles a la hora de regocijarse y hasta marchar a la guerra asistido por una cuadrilla de amantes de uno y otro sexo, pero lo que nunca se perdonaba a un guerrero, era ser un macho impotente. Este pensamiento hizo que una ráfaga de fuego le subiera al rostro, y con rabia maldijo su cortedad.

¿Cuándo comenzó a percibir que su florete viril estaba muerto?, no sabría decirlo. Fue criado como buen varón lejos de las faldas. Las batallas lo introdujeron en las artes de la guerra, forjándole ajeno al sufrimiento. Avistó desde el primer momento que su tarea de guerrero le proporcionaría más sinsabores que regocijos, supo que su obligación era no dar cabida a las emociones, siempre huyó del amor como de una corrosiva bestia que esperaba agazapada para tomarlo por las riendas y hundirlo en las lobregueces de la infelicidad.

Cuando tomaba a una doncella como premio, cumplía su faena tan solo por dar sosiego a su órgano punzante. Nunca profesó cordialidades ni distinciones por ninguna.

Costumbre que, en cada ciudad conquistada, eligiera para sí alguna que otra prisionera y, luego de desvirgarla, la abandonara a la providencia. Eran parte del trofeo, el botín dependía de la bravura, y siempre le tocaron en suerte las mujeres más lozanas. Se sometían sin chistar. Los primitivos habitantes de aquellas tierras, los aborígenes, consideraban que el amor debía prodigarse sin recatos, y al principio, ignorantes de sus trampas, les recibieron como a dioses llegados para su complacencia y hasta les perdonaron sus atropellos por considerarles ordinarios y poco instruidos en las sapiencias derivadas de la naturaleza, pero los nativos fueron reemplazados por otros criollos celosos de su honra y de la virtud de sus mujeres, que con el tiempo maldijeron a los conquistadores sin remilgos; fue en ese lapso que Octavio llegó al frente de su tropa para pacificar la Isla y sufrió de este percance. Al principio no le importó, pero, con el paso de los años, y después de múltiples batallas perdidas, comprendió que estaba devastado.

En secreto visitó a un chamán que luego de explorarle de arriba abajo, de inquirir con su índice en todos los orificios del cuerpo, de tomar entre las callosas manos a su estratega muerto, de masajearlo de manera vigorosa impregnándolo con afrodisíacos que también le hizo tomar, mientras recitaba su cantinela de ensalmos ignotos, de meterlo en su boca sin dientes e inducirlo a una erección con los trasiegos de su lengua agrietada y de bajar los pantalones para estimularle con la cercanía de su desagüe fecal, aquel hechicero, socorro de una tribu de hombres silvestres, le dijo:

—Creo que el mal no está en tu rabo sino en tu cabeza.

Se fue maldiciendo a todos los chamanes solapados del mundo. Nunca más intentó curarse. Al final de la batalla cogía a una mujer cualquiera, y después de hacerle gemir mediante los retorcijones que con sus manazas le impelía sobre los brazos, sobre las nalgas o los pechos, la liberaba, no sin propinarle antes unos fuertes zurriagazos bajo la promesa de no volver la vista atrás. Sabía que algunas cautivas comentaban su extraña manera de amar y esto le inquietó.

Aquella falsa terminaría en cualquier momento, no más la tropa estuviera al tanto de los hechos, y este sería el fin de sus artimañas de soldado infecundo.

—Bruja, si me salvas de esta vergüenza te respeto la vida—Tragó en seco y volvió a hablar—: Estoy seco como un botijo.

Y para demostrarlo se enderezó dejando caer los pantalones sobre sus botines y mostró sin vergüenza su flácido encogimiento.

Por mi parte, traté de aquietar los latidos desesperados de mi corazón, sabía que no podía volver la vista hacia él. El hombre insistió.

—Mira, es tan sumiso que se escurre entre las manos.

No pude resistir las ganas de echar un vistazo a aquel hombre en apuros, miré un instante: estaba muy bien dotado. Aunque su miembro permaneciera inerte, su pelvis era estrecha y sus muslos largos y musculosos. Debía haber hecho muy felices a las mujeres que tomó, consideré. Su miembro viril era magno y dotado de hermosura. Luego volví a mi anterior posición diciendo:

—No perturbes mi círculo.

El Capitán abandonó su postura, cayó de rodillas sobre el piso arenoso. Suplicaba. A pesar de que su miembro permanecía inerte, su cuerpo ardía, algo que percibí por la respiración agitada, anhelante.

Yo estaba encendida; nunca antes había visto a un hombre desnudo, y la visión de este acobardó mis fuerzas. No era su desnudez solamente lo que me seducía: sus ojos acerados, su boca fina y cárdena, su tez de cera, incluso la crueldad de su rostro hizo que mi vientre hormigueara deseando entregarme a aquel capitán.

«Eres una infeliz, Soluna, no vez que es un asesino que masacró sin piedad a los tuyos». Todo esto me dije para cobrar ánimos. Concebí un escalofrío que atiesó mi cuerpo: me había embelesado con aquel hombre.

De pronto, la incertidumbre se apoderó de mí: si llorase, puesto de rodillas, si salvara la vida a todos los habitantes del mundo o implorando con todas sus fuerzas pidiera a gritos que le redimiera de aquella impotencia, jamás sabría cómo hacerlo.

Yo suministraba a los vecinos del pueblo toda clase de yerbas medicinales porque conocía sus nombres y sus cualidades; era cierto que protegía a muchos de los gusanos que carcomían sus vientres, haciendo que los expulsaran con mansos venenos; que los liberé de los malos pensamientos que se anclan entre ceja y ceja por mucho tiempo conduciéndonos a la locura y que sané las chamusquinas y los resfríos con remedios que yo misma ideé… pero, mis poderes nunca fueron más allá de estas simples sanaciones. Estaba perdida, comencé a temblar, pero traté de que el hombre no lo percibiera.

Comencé a persignarme en silencio. Siempre creí que el pecado que con más facilidad perdona el Señor, es el de los amores livianos. Así que esperé que me dispensaran mis espíritus bienhechores, mientras sentía mi vientre palpitar. Unos segundos después, ciertamente, la maldición cayó sobre nosotros dos.

## II

Los soldados, recelosos de la tardanza del Capitán, penetraron furiosos en mi morada decididos a apoyar a su jefe en lo que fuera, pero al verle arrodillado ante mí con aquellos lagrimones suplicantes que corrían por su rostro y con aquel miembro flácido entre sus manos, se detuvieron aturdidos.

Fue en ese instante que los caminos de mi destino se torcieron y tomaron un sendero inesperado. Aquellos soldados me creyeron una hechicera con poderes sobrenaturales. Ese era el momento en que debía buscar la manera de contener la batalla y paralizar a los soldados que aún esperaban por la orden del Capitán para concluir la matanza, sentí vergüenza por lo que forjaría, me estaba aprovechando de sus ignorancias, al juzgar ellos que era todo un rito de sanación. Pero no había más remedio, me debía a los míos, a las vidas que debía salvar.

Aunque por dentro temblaba de miedo, para acallar los latidos de mi espíritu me incliné de nuevo dentro del círculo de ceniza y cerré los ojos por unos instantes pidiendo a mis ángeles compasivos que me auxiliaran.

Levantándome soplé unos aserrines que utilizaba en las curaciones sobre las testas de los soldados y dije en voz alta:

—¡Salve, madre de los guerreros y dueña nuestra, salva a este guerrero de la cobardía de su nulidad, dale fuerzas y valor suficiente para que todo en él se levante con la misma pujanza que en sus buenos tiempos!

Todos bajaron la cabeza, era el momento. Esparcí los pocos polvos que permanecían en mi mano derecha y, tomando la espada del Capitán, dije:

—¡Sálvanos, dama y madre de nuestras vergüenzas y ardides!

Y le descargué un tajo en medio de la frente. Octavio se desplomó. Yo temblaba de pies a cabeza. No sabía qué sucedería después. Para mi sorpresa, el resto no hizo nada contra mí. Uno de ellos gritó:

—¡Ha muerto como una bestia cualquiera, siempre aseguró que era inmortal!

La sangre brotaba violenta empapando sus ojos, su cara, su pecho. Parte del contenido de su cabeza había quedado esparcido sobre el suelo hendido de los costados del brasero. De pronto, su alma escapó con un violento soplo. Era tan poderoso aquel vaho nacido en las entrañas del Capitán, que apagó de una vez los tres cirios que custodiaban al pequeño altar situado a las orillas del fogón y su órgano viril se empinó por última vez. Lancé un suspiro.

Para mi propio malestar había expirado. Miré su cuerpo desguarnecido y vi su espectro mirándome desde lo alto, incrédulo de su propia muerte. Supe que ya no podría retornar a su cuerpo anterior y que su alma quedaría flotando en el vacío. ¿Había algún modo de remediarlo?

Ante la certeza de mi desgracia, me agaché y acaricié aquella cabeza destrozada. La apreté contra mis pechos humedeciéndome con la sangre tibia. Nada podía hacer para resucitarlo y dejarlo conmigo por siempre. Al percibir mi angustia, uno de los soldados dijo:

—Y tú, ¿por qué te afliges?

No había explicación para mi llanto, y nada contesté. Debía tragarme mis lágrimas y persuadirlos de la ventaja que para ellos constituía la muerte del Capitán. Si no lograba convencerlos estaba perdida. Con lentitud me puse en pie.

—No hay nada peor que un cabecilla... eternamente obligándoles a cumplir sus caprichos, empecinado para nada. ¡Son libres! ¿no lo ven? ¡Está muerto!

—¿Qué haremos con nuestra libertad?, dinos tú, bruja. Octavio siempre decidió por nosotros, entregó lo mejor de sí, nos condujo en las batallas. ¿Qué podremos ahora sin él? Tal vez hasta nos acusen de ser nosotros tus cómplices, embobeciéndolo para que tú, desgraciada, lo asesinaras de esta manera.

Yo miré a Octavio nuevamente y sentí un amor profundo por aquel hombre que, vencedor de cientos de batallas, se había entregado en un breve instante a las fauces de la muerte. ¡Estaba tan desvalido!

Pero, recordé miles de víctimas que habían sucumbido bajo su fuerza y sentí un odio descomunal contra mí: era capaz de condolerme por alguien que masacró sin miramientos a los hombres y mujeres del Collado donde nací. De todas formas, acaricié una vez más sus cabellos ondulados y grises.

—¿Por qué le obedecían? —pregunté para ganar tiempo, mientras veía mi ropa teñida completamente de sangre y su espectro emancipado que escapaba por la ventana para siempre.

—Son órdenes del gobierno peninsular, batallamos contra revoltosos que no quieren someterse. ¿Acaso no estás al corriente de la orden de Weyler? ¿Hasta aquí no ha llegado la noticia de los bandos? Por ello guerreamos. Hacemos que la orden sea cumplida. Todo aquel que desobedezca este mandato o que sea encontrado fuera de las zonas prescritas, será considerado rebelde y juzgado como tal. Ustedes son sediciosos que pretenden emanciparse contra el gobierno español y socorren a los mambises. Deben ser castigados, han infringido la orden de concentrarse en los pueblos… ¿cómo crees que mantendremos la conducta con gente así? —El soldado me miró derecho a la cara. Entonces debo haberlo mirado de una manera extraña, porque bajó la cabeza.

—Ayúdanos, por favor.

Miré por la ventana. Echados sobre las rocas, se desangraban los cuerpos sin vida de los hombres honrados y laboriosos del pueblo, percibí con absoluta nitidez los clamores de sus mujeres que apenas sabían lo que sobrevendría después, mientras sus pequeños hijos se sujetaban a sus faldas y gemían deshechos. Luego miré el cuerpo sin vida del Capitán y lo estreché una vez más contra mí.

Sentí rabia, ¿cómo podían imaginar que les ayudaría a maltratar a mis semejantes? Dejé caer al suelo el cuerpo de Octavio como si se tratara de una bestia. Y tomé de nuevo la espada con la intención de guardarla para mí.

—La guerra no terminará con el exterminio de nosotros, sencillos labriegos, toda la isla sufre... —dije.

—Si desertamos de las filas del ejército nadie nos dará asilo, ni pan, ni techo —interrumpió el soldado—, no tendremos un solo sitio donde guarecernos. Preferimos morir que regresar vencidos. Ayúdanos, tú que eres propietaria de los caminos de la suerte.

En ese instante la puerta se abrió y entraron los sobrevivientes de la matanza, junto a los refuerzos mambises que nos socorrían atraídos por un mensaje que les había enviado la noche anterior, cuando presentí por el sonido de los arcabuces que todo un ejército se nos echaba encima. El grupo de hombres, al ver al Capitán muerto, y a mí sujetando la espada con mis manos salpicadas de sangre y los soldados conversando frente a mí, lo creyeron otro prodigio de mis dones.

Fue ese el comienzo de mi fama de hechicera.

# III

Sobre el pueblo de Cuba pesaba la enorme fatiga de varios años de lucha. El agotamiento se incrementaba por la Guerra Grande, la Guerra Chiquita y la batalla cotidiana por el sustento en medio de una crisis bélica; el país entero sufría, la producción de los campos estaba perdida, el hambre reinaba lo mismo en el campo que en la ciudad, era la Isla un país devastado.

A pesar de esto, los mambises permanecieron desplegando su coraje en las campañas del centro y el oriente de la isla, donde las largas campañas de verano destruyeron las fuerzas españolas al son de las enfermedades y las tácticas guerrilleras del máximo jefe militar: Máximo Gómez, llamado por todos el zorro, por su capacidad de desinformar y confundir a los españoles.

Fue quien dio la primera carga al machete en esta guerra larga que ahora enfrentamos, en audaz e intrépida acción con hombres mal armados gritó inesperadamente frente a una columna española: «¡Al machete!», lo que produjo el pánico y la confusión en la columna enemiga que se lanzó en desbandada; esta noticia causó regocijo entre nosotros,

menesterosos labradores mal informados, que en la reta-
guardia esperábamos ansiosos por el desenlace de acontecimientos como este.

Las represalias tomadas por Weyler luego de la invasión, no
detuvieron la ofensiva. Ni la estratagema de cercar a Gómez
y Maceo en la más occidental de las provincias, Pinar del
Río, e ir él mismo junto a sus generales, y emboscarlos para
hacerlos claudicar, planes sin resultados, porque lo único que
pudieron apresar fue una montura abandonada por Maceo.

Pronto apretaron aún más el dogal que llevábamos al cuello
aplicando la feroz Reconcentración. Miles de hombres se
habían ido al campo a pelear junto a las tropas insurrectas
que en continua movilidad evitaban todo encuentro frontal,
ya que precisamente su objetivo era mantener dividido y
disperso al ejército español, desgastarlo en su poderío y hacerle gastar millones de pesetas para mantener una guerra
en sitio tan distante.

Las mujeres quedamos al cuidado de las familias pasando
increíbles necesidades para mantener las barrigas mediana-
mente satisfechas. A pesar de las calamidades, las circunstancias sucedidas estaban a favor de la causa cubana.

# IV

Salí de mi refugio para presenciar el Collado abatido. Desde el montículo en que me dejé caer, el panorama del campo era espantoso: cuerpos desangrados, maizales que humeaban, casas carbonizadas, la grava de los trillos salpicados por manchas de sangre, animales mutilados y heridos a granel.

Mujeres gritando de pavor, desmedida sangre inocente chorreando a la entrada de las casas, sobre el quicio de las puertas, ante las portezuelas del jardín... en la propia iglesia, como si entre los muros patriarcales de aquel recinto hubiesen degollado una piara de cerdos.

El paso de los soldados se convirtió en una de esas carnicerías horrendas que por mucha tierra que echáramos encima de los caídos, siempre crecerá sobre ellos un matorral tortuoso o una ortiga que nos lleve de vuelta al pasado.

Sombras grises bailoteaban sobre el Collado, los soldados que decidieron pasarse al bando de los insurgentes, dijeron que aquello no había terminado. Detrás de ellos venía todo un escuadrón abatiendo la poca vida que aún sobrevivía en el valle.

Valeriano Weyler había ordenado la Reconcentración de toda la población dispersa en los campos, para evitar que auxiliasen a los mambises. Para ello dictó tres bandos. Así decía el primero:

«Todos los habitantes de las zonas rurales o de las áreas exteriores a la línea de ciudades fortificadas, serán concentrados dentro de las ciudades ocupadas por las tropas en el plazo de ocho días. Todo aquel que desobedezca esta orden o que sea encontrado fuera de las zonas prescritas, será considerado rebelde y juzgado como tal».

Ante el desagrado que se desató y lo irresoluto de tal bando, promulgó un segundo:

«Queda absolutamente prohibido, sin permiso de la autoridad militar del punto de partida, sacar productos alimenticios de las ciudades y trasladarlos a otras, por mar o por tierra. Los violadores de estas normas serán juzgados y condenados en calidad de colaboradores de los rebeldes».

Y un tercero:

«Se ordena a los propietarios de cabezas de ganado que las conduzcan a las ciudades o sus alrededores, donde pueden recibir la protección adecuada».

Tomé uno de los pliegos con estos mandatos y lo utilicé para encender el fogón. Pese al desacato y el odio que esta medida produjo entre nosotros, cada cual debía recoger a su familia y, sin dinero, sin provisiones en el poblado, marchar allí para vivir a la intemperie y sin ningún tipo de abrigo.

Los campesinos que vivían felices al principio de la guerra, deseando librarse de los españoles, pues creían con acierto que ya era tiempo de ser soberanos, ayudaban sin tapujos a los insurrectos, esto indujo al gobierno peninsular a creer que las fuerzas invasoras debían su supervivencia a los suministros que con fervor entregaban los campesinos, y en verdad esto era cierto, yo misma iba todas las semanas, a caballo y en lo desierto de la noche hasta un socavón a la entrada del pueblo, donde me aguardaba un oficial mambí, para entregarle un atado con pócimas curativas, provisiones e informes sobre el movimiento de las tropas españolas.

Weyler deseaba ver los campos de Cuba sin campesinos fraternos a la causa independentista, ni insurrectos al amparo de las heredades, y que las tierras careciesen de riquezas con que sustentar a los mambises. Para lograrlo, con el bando dictado, inhibía toda posibilidad de vida de los lugareños, que debían abandonar sus cultivos, masacrar sus animales y caudales, para dirigirse al pueblo, sin garantías de condiciones mínimas.

Quienes a estas alturas no habíamos acatado la orden de apiñarnos como una manada de reses en los refugios pestilentes de los poblados, éramos considerados rebeldes, y era esa una condición espinosa, pues el país entero estaba enfrascado en la guerra.

**V**

¿Cuántos años más durará esta batalla? ¿Cuántas familias quedarán destruidas ante el paso de la muerte? ¿Quién podrá prever lo que vendrá después? Todos caminábamos por un pasadizo lóbrego sin ver al menos una luz al final del callejón.

Era preciso finalizar la guerra, ser independientes. Este sueño iba a costar mucha más sangre de la ya derramada. ¿De qué valen millones de vidas, si sobre sus hombros cargan el yugo de la sumisión? Era preferible la muerte a vivir sin libertad.

# VI

La amenaza no concluyó con los destrozos, mucho menos con la rendición de los soldados. Este pensamiento me llenó de espanto. Muy pronto la evidencia se trocó en convencimiento mientras recogíamos a las víctimas y remediábamos a los heridos.

Una monstruosa detonación nos sacudió, aún amortiguada por la distancia, aquella explosión hizo temblar la tierra bajo nuestros pies, también las plumas en los yelmos de los soldados españoles. Uno de ellos miró por un catalejo que llevaba atado a su cinturón, y dijo: «Es el lagarto de fuego», y aseguró que en lo alto de la polvareda se veían rastros de figuritas humanas. Creí que aquel hombre exageraba.

Ninguno de los pobladores de aquel sitio había visto jamás una pieza de artillería, aunque a diario llegaban rumores sobre los artefactos de guerra que traían consigo los españoles: ingenios del terror descritos por estremecidos labriegos que casi siempre dramatizaban expresando que eran dragones de acero que despedían llamas por la boca.

Decidí no prestar oído a estos rumores; de todos modos, el fogonazo de aquel cañón seguía retumbando en mis oídos.

Debíamos huir del Collado, inmediatamente, aunque no hubiese sitio seguro donde refugiarse. Quién pudiera abrir la tierra en dos al igual que los gusanos y sumergirse en el vientre de la tierra.

En aquel instante abrigué sobre mis hombros el peso aterrador de nuestro abandono. Con aquellos ingenios de fuego desconocidos por los campesinos simples que habitábamos el valle, llegaban los soldados para imponernos sus leyes absurdas en nuestro propio suelo. Sentí impotencia, las grandes guerras nacen siempre de las grandes injusticias.

No teníamos adónde huir, jamás podríamos cruzar a nado las fronteras para guarecernos en otro sitio, los pantanales del sur eran inhóspitos para toda vida humana, en La Habana no existían montes hospitalarios ni simas defensoras, el antes floreciente valle se había convertido en una trampa. Adonde quiera que fuésemos nos alcanzarían aquellos soldados más temprano que tarde. No teníamos escapatoria.

Lo peor era que lo había presentido. El día antes a la matanza, mientras caminaba por los trillos en busca de hierbas, me desvié del camino y subí a una colina donde fluye tranquilo el llamado Manantial de la Virgen; cuentan que allí se sumergió para siempre una Virgen vestida de novia y, herida por las pedradas de los habitantes del sitio al saber que fue abandonada frente al altar; en días aciagos, ella solloza mientras camina por el valle y en las tranquilas aguas limpia de sangre su traje; sus quejidos suelen oírse desde el Collado.

A pesar del misterio que lo circunda, es un espacio calmoso, cubiertas ambas orillas de hierbas, el agua descansa sobre piedras lisas mientras circula entre ellas una corriente espumosa; esta fuente ofrece a los caminantes un efluvio de paz. Me acerqué a mojar mi frente y calmar mi sed, al inclinarme vi en el tronco de una ceiba colgado un vestido de novia ensangrentado, ¿quién pudo colocarle allí?, ¿sería una premonición?, nunca pude saberlo. Sin calmar mi sed volví sobre mis pasos y me fui rápidamente de allí con aquella imagen grabada en la mente.

Era previsible. El país entero estaba sumergido en una guerra de sorpresas y batallas violentas que se sucedían repetidamente.

# VII

Los soldados que con astucias logré abatir frente a las brasas de mi fogón, al igual que muchos otros que fraguaban sus guerras a todo lo largo y ancho de la isla, tenían la misión de arrasar los villorrios y los cañaverales que servían de sostén a la explotación azucarera. Todos los aparceros que habían construido un molino triturador para obtener azúcar en sus tierras, lo perdieron al paso de los regimientos españoles. La ruina de los pequeños propietarios era evidente.

A cada rato salía a la puerta para ver pasar grupos enteros de gente hambrienta, enferma y necesitada, carecían de un lugar donde guarecerse de la lluvia y del frío. Les prestábamos ayuda, aunque podíamos ofrecerles bien poco; los víveres escaseaban y lo que teníamos para comer era lo que adquiríamos en nuestros exiguos huertos familiares.

Ya el mando español conocía las dificultades irremontables de luchar contra un ejército apoyado por los civiles, que les suministraban refuerzos, alimentos, y los encubrían dándoles abrigo y enhorabuenas. En cambio, los soldados enviados por el gobierno español eran desinformados y maldecidos por los campesinos y el pueblo. Frente a este tipo de guerra, las estrategias prusianas de moda en Europa carecían de valor.

Los soldados al mando del capitán Octavio que solicitaron clemencia, contaron que hacía mucho tiempo querían abandonar aquella batalla. Todos deseaban en lo más profundo irse a sus aldeas para vivir la vida pacífica de antaño. Nos contaron que muchas veces, en lo más cruento de la batalla, unos decían: «¡Viva España!», y otros: «¡Larguémonos a España!»

Así me vi conversando con los soldados exonerados, con ellos venía un bardo español que llegó como guerrero, pero ante su ineficacia como tal, lo eximieron como luchador y le abandonaron a su suerte para que entretuviera a la tropa en sus noches libres, para nada le importaba quién ganaría aquella guerra.

—Mi deseo es sobrevivir a este conflicto para seguir canturreando por las campiñas cubanas —Contó detalles de la guerra que en el occidente eran ignorados por la desinformación en que estábamos sumidos.

—Son tres portentos los que lideran la ofensiva final para librarnos de ser una colonia española. Máximo Gómez es un militar que puede adivinar lo que planean sus enemigos sin verlos, nadie puede sostener el imperio de su mirada, es dominicano, llegó a pelear por la libertad de Cuba sin reclamar nada a cambio, es imposible para los españoles sospechar cuáles serán sus maniobras, es impredecible, sabe enmascarar sus trayectorias a través de la Isla, el mando le teme porque es un hombre valiente y perspicaz. Ganador de cientos de batallas, es un guerrero astuto, difícil de emplazar o de herir, en cientos de ofensivas solo ha recibido algunos rasguños.

—Ya hemos oído hablar de su bravura y astucia —dije, y el hombre asintió con la mirada.

—El segundo —continuó—, Maceo, es un gigante de bronce, su machete es de fuego y está bendecido por la santa Patrona de Cuba, la Virgencita del Cobre, que protege a todos los mambises, por lo que nadie podrá derrocarlo jamás, es orgulloso de su estirpe guerrera, invencible en todas las batallas, acarrea múltiples heridas que para nada hacen menoscabo en su cuerpo colosal, los guerreros peninsulares quedan espantados al verle llegar en su caballo de fuego, las mujeres arrojan flores por donde él pasa, fascinadas por su figura, es un ser majestuoso como nunca antes vieron, va seguido de sus hermanos, la potencia de sus opiniones es tan grandiosa como su cuerpo, tiritan de miedo sus oponentes con solo saberle cerca. El tercero, Martí, es un sabio, todo fibra, como los galgos de linaje, su clarividencia ha sido bendecida por Dios, sus saberes han dado cauce a los ideales de independencia de los cubanos, creo que una vez libradas todas las batallas, cuando todos hayamos muerto, sus pensamientos servirán de norte a todas las realidades humanas, dicen que constantemente escribe y ahonda en todo lo que ocurre, los otros dos le protegen pues su sabiduría proporciona vigor a la mente más confusa. Ninguno de los altos mandatarios de España quisiera entablar con él un duelo de palabras, en todos saldría vencedor por la fuerza de su carácter.

El juglar calló de repente, juzgando que sus palabras le hacían dudoso ante los soldados que habían llegado con él. Rodrigo, que así se llamaba, se movía con libertad entre las filas españolas y las cubanas, su condición de trovador era necesaria para todos, al estar enterado de cosas inherentes al bando contrario, ya pesaba sobre él este estigma y optó, español como era, por permanecer viviendo entre los cubanos.

—Qué más da si luchamos con ustedes, no por temor a lo que puedan hacer con nosotros, sino porque estamos convencidos de la justeza de sus razones —arguyó uno de los soldados reunidos frente a las brasas de mi fogón.

—Si ambicionan quedarse —les dije—, ensucien sus caras como hambrientos campesinos, desgarren sus manos como si labrasen la tierra y vístanse como nosotros, olviden las ordenanzas de sus jefes y luchen por la razón.

Una vez hecho el pacto, entregaron sus armas junto al cuerpo sin vida de su jefe militar y del resto de los ultimados. Aguardaban por nuestra orden para enterrarlos y manifestaron su deseo de sepultar a los soldados en nuestro cementerio, ofreciéndoles cristiana sepultura junto a los pobladores caídos en el ataque, pero nadie estuvo de acuerdo.

—No es razonable enterrar víctimas y verdugos en la misma tierra —reveló el Presbítero del Collado.

—La muerte nos empareja a todos, Señor Cura —comentó un soldado, pero al prelado le pareció una atrocidad.

—Jamás sepultaremos asesinos con mártires —concluyó, volviendo la espalda, y marchó a su sacristía.

—La muerte tiene poderes definitivos. La expiración no nos empareja, solo hace hondo el abismo que dejamos. Cuando estamos vivos tenemos la opción de corregir los defectos, luego de la partida nadie puede agrandar ni rebajar los pecados que transporta.

Al rato envió a unos de sus capellanes diciendo que los soldados tampoco tendrían derecho a los votos finales. Fueron todos ellos a pedir clemencia por Octavio, a lo que contestó impasible:

—Ese capitancillo ha linchado a cientos de mujeres y niños, tírenlo desde el barranco. Desaparézcanlo, antes de que nos emponzoñe a todos.

Los campesinos sobrevivientes de la matanza decidieron empalarlo como escarmiento y abandonarlo al festín de las auras.

—Lo haremos al amanecer, estamos demasiados rendidos por la fatiga— indicaron.

El cuerpo de Octavio quedó desguarnecido en pleno campo. Fue en ese instante en que decidí robarme el cadáver.

# VIII

Una vez dichas estas palabras por el prelado, nada quedaba que agregar. Enjuagué las lágrimas y miré a lo alto, cientos de nubes grises poblaban el cielo antes añil, dejando caer su sombra funesta sobre el valle, la noche caía propiciando en nuestros ánimos un sentimiento de amargura.

Ya habían acudido las comadres desde el terruño vecino vestidas con sus hábitos negros y sus velos para ocultar el rostro, sus caras estaban cenicientas de lamentarse por muertos que jamás conocieron en vida, parecían almas en pena. Simular que sufrían ante el dolor ajeno, este era el modo en que entretenían la vida esas hipócritas, sus caras estaban surcadas por una mueca de malestar.

Eran en su mayoría esposas de los hombres prominentes de la Villa, fervientes católicas, solo salían de casa a los entierros y a las misas, vivían recluidas en sus moradas como almas en pena, entretenían sus días en pláticas donde censuraban sin piedad el decoro del resto de las mujeres y hasta de los hombres del pueblo. Señoras resentidas ante el abandono en que las sumían sus esposos, acudían a cuanta desgracia ocurriese con el afán de alimentar sus lenguas mordaces, se hacían acompañar por sus mucamas que eran en realidad quienes tenían la obligación de llorar por ellas.

Con la llegada del anochecer, la mayoría de la gente del Collado se retiró al interior de la iglesia a rezar por sus muertos. Era preciso actuar rápidamente. La sombra se levantó definitiva y yo aproveché para robar el cuerpo sin vida del Capitán antes de que fuera tarde, utilicé un caballo para arrastrarlo hasta mi casa, allí lo bañé y lo froté con hierbas aromáticas, lo bendije y perfumé su boca vertiendo dentro de ella un curativo que me había entregado la abuela antes de morir y que guardé durante mucho tiempo por no haber encontrado ocasión digna de utilizarlo. Deseaba en lo más profundo que me perdonara. Lo vestí con las mejores ropas de uno de mis hermanos que usaba la misma talla.

Luego volví a arrastrarlo hasta un montículo situado en el centro del Collado, allí lo enterré y luego cubrí su tumba con hierbajos y pedruscos para que nadie lo descubriera.

Al amanecer, cuando los hombres del pueblo seguidos por el tropel de soldados depuestos, mujeres lacrimosas y niños espantados, fueron a buscarlo para empalarlo, no le hallaron por mucho que registraron.

—¡Ha resucitado! —gritó una mujer— ¡Era un verdadero demonio!

Volví la espalda y me fui a casa a contarle lo sucedido a mi hermana Nahyr que había regresado de sus caminatas nocturnas.

La encontré frente al pequeño altar rezando. Reuní algunas verduras y con dos nabos hice una sopa. Toda la noche estuvo lloviendo para limpiar la sangre derramada, los jirones de uniformes de campaña, el sudor que ardía sobre la cara de los campesinos que quedaron sin techo, llovía para borrar de una vez los hedores de la batalla. Al amanecer del segundo día algunos destellos solares anunciaron buen tiempo, pero la llovizna se extendía pertinaz.

Mucho antes de la hora pactada con los vecinos para reencontrarnos, desperté asustada. Cierta sensación extraña fue creciendo en mi interior, tanto que llegué a oír los latidos de mi corazón. Era un terror acerca del cual había oído muchas veces al escuchar los lamentos de la gente que venía a pedirme ayuda, un sobresalto que jamás había experimentado: el recelo a estar siendo vigilada. Una presencia invisible. Luego, un repentino golpeteo en la ventana, la certeza de que alguien me espiaba en la oscuridad de la noche y ese alguien solo podía ser él.

Me asomé a la ventana. Estaba allí, de pie sobre la colina donde lo enterré, al fondo humeaban los maizales. Lo percibí imponente y gris con su capote militar para protegerse del frío, permanecía allí palpitando de nulidad ante la certeza de su propia muerte y amparado por sombras que solo podían ser los soldados muertos de su escuadrón de combate.

Estaba allí maldiciendo entre dientes con el catalejo incrustado bajo una ceja, porque el humo no le dejaba verme asomada en la ventana, le reconocí ardiente de fastidio mientras taponeaba con la otra mano la terrible hendidura sobre la ceja, la sangre brotaba a intervalos y no le dejaba diferenciar lo que ocurría frente a él.

Fue entonces que le vi caminar tambaleante hacia el lugar desde donde yo le observaba sin fuerzas para escapar, temblando por el frío y la angustia. Cuando se acercó unos pasos, advertí espantada que él también temblaba. Su cuerpo no era etéreo como se suponía que fuesen los espíritus que se muestran ante los vivos, aquel espectro era visible como un individuo cualquiera, sus miembros respondían moviéndose a la par de la voz que les convocaba.

—Mujer, ¿por qué tiemblas de ese modo? Si fraguaste mi mal, ¿por qué ahora te acobardas frente a mí? Busco una chispa de luz por pequeña que sea, una mirada piadosa, una brizna de calor, y solo encuentro tinieblas.

—¡Vete, por Dios! —logré decir en mi desespero, mi voz vibraba y no alcanzaba mi entendimiento a concebir lo que sucedía ante mis ojos— ¡Aléjate adonde mi visión no alcance, nunca hice tratos con apariciones, tú estás muerto, yo estoy viva!

—No te guardo rencor por darme muerte, pero no hay un solo ser viviente que llore por mí, soy un alma en pena, sin fuerzas para marchar hasta el refugio de los muertos. Infinitas malicias me hostigan, mi camino está atestado de cadáveres que ultimé y ahora dificultan mi paso. El mayor abandono se cierne sobre mí, pon una lucerna en mi nombre, reza un padrenuestro, lanza un gemido, una plegaria, pero no me abandones a esta perra suerte de ser un difunto sin dueño, agradezco que no dejaras que me empalaran abandonándome como festín para las auras.

Volviendo los ojos al cielo, miró a la distancia, como oteando los espacios, y se volvió trémulo hacia mí:

—¡Cuidado, Soluna! ¡Hay brujas en el viento y vienen por ti!

El viento bramaba con potencia como si centenares de ánimas viajaran con él, le di la espalda y entré a mi casa, antes volví la vista y le percibí todavía allí desguarnecido.

Afuera había dejado de diluviar, solo quedaban algunas pizcas del aguacero y un resto de bruma en el aire, de modo que me fui al lugar donde se encontraba el edificio de piedra arenisca que llamaban iglesia, estaba al final de una calle con árboles que durante el verano formaban bosquejos sobre la tierra; las hojas estaban amarilleadas, habían caído en su mayor parte y la tormenta las había dejado resbaladizas, patinaban bajo mis pies.

Entonces, empujando una gruesa línea de nubes plomizas que negreaba en el horizonte, un viento frío y húmedo empezó a soplar desde el Este, abriendo brechas en la humareda de pólvora e incendios que cubría el valle. No volví la vista hacia el montículo del Capitán, tenía miedo de verle allí acechando y maldiciendo.

Entré a la iglesia que jamás cerraba sus puertas, tratando de acallar los latidos de mi corazón. Mi amor por Octavio era un sentimiento enraizado, no me asombré cuando le descubrí mirándome con sus ojos enturbiados por la sangre, adiviné su pasión cuando imploraba para que le salvara de su vergüenza, en ese instante lo amé aunque sabía que debía cumplir con el destino, no debía trasgredir lo que fue pactado, lo que era inevitable: acabar con él aunque sintiera por aquel desdichado el amor más insano, una pasión que despertaría odio o risas entre los demás.

Ya dentro de la iglesia, me arrodillé y recé una plegaria a la Virgen Magdalena, presentía que ella sabría comprenderme y encendí tres cirios carmesíes por el alma de Octavio, también prometí a la Inmaculada María una novena para que su alma por fin encontrara el camino hacia su destino final.

Aunque le amara, él no debía saberlo, debía ayudarlo a encontrar por fin asilo verdadero dentro de este mundo atestado de hostilidades e inconvenientes que hacían a los seres caer a cada paso.

# IX

Corrí a donde él me aguardaba, agotada por el esfuerzo de subir corriendo la colina, con manos temblorosas le sujeté una venda en la frente taponeando aquel orificio que goteaba un líquido espeso. Le miré unos interminables segundos a los ojos, él mantuvo la vista fija en mí. Sus rasgos pálidos se habían endurecido marcándole los músculos de las mandíbulas, sus ojos de águila se entornaron mientras una profunda arruga vertical le surcó el entrecejo, como un hachazo me llegaron las ráfagas de su resentimiento.

—Soluna, te perdono mi muerte, pero con seguridad los españoles te cobrarán el agravio.

—¿Qué quieres decir con eso? —No contestó, me miró fijamente por unos segundos, luego me besó en la frente, a mi vez permanecí mirándole.

Estaba erguido frente a mí y volteando la cabeza comenzó a dar órdenes en voz alta a un ejército fantasma, una multitud de soldados muertos en campaña apilados en un declive. Con el sombrero calado sobre la frente permaneció, mientras sus ordenanzas se levantaban de aquel desastre, arreaban sus caballos fantasmales y se postraban respetuosamente a su alrededor antes de picar espuelas y salir disparados ladera abajo entre el humo y los clamores lejanos de la artillería, llevando las órdenes a quienes llegaban vivos a los regimientos de primera línea.

# X

¿Por qué me fue dado el don de acechar entre la vida de los muertos?, me pregunté una y mil veces. Los otros jamás percibieron las huellas dejadas por aquel ejército de sombra que a todas partes nos seguía, apegados como perros a nosotros, envueltos en jirones ensangrentados, siguiendo nuestros pasos, así como los rastreadores perduran tras sus dueños, ¿qué perseguían con ello, recordarnos nuestro ocaso de ofendidos, de masacrados, o simplemente obtener de nosotros un mínimo de calor como quien tira un hueso, o para hacernos pagar la culpa de haberles enviado al otro mundo?

Alguna vez quise librarme de mis visiones y convertirme en una mujer que solo mira con sobresalto los pliegues de su cara, o adora servir a un esposo tiránico. Sin pensamientos encontrados de amor y odio. Pero mi espíritu se empeñaba en escudriñar el futuro, en asirme con garras y dientes a la irrealidad. Jamás concebí pactos con alguna deidad, todo nació de ese deleite de atisbar entre los resquicios que dejan abiertos los caminos entre el bien y el mal.

# XI

Volví sobre mis pasos sobrecogida por sus palabras, una negra amenaza se cernía sobre mí, estaba segura, presentimientos oscuros nublaban mi entendimiento, pero así y todo estaba dispuesta a encarar lo que sobre mí cayera. Anduve un rato zigzagueante y entristecida. Hasta que al fin encaminé los pasos rumbo a mi heredad.

Miré hacia la casa, permanecía rodeada por un pelotón de milicias españolas con sus armas dispuestas en estado defensivo, estaban también allí el Clérigo del Collado con su séquito de acólitos afeminados, vestidos con sus arneses misales, el capitán Pedáneo del pueblo de San Nicolás con sus asistentes y varios adminículos que no pude identificar. Me pregunté para qué tantos aspavientos contra una sola mujer.

Cuando avancé unos pasos, deseosa de saber lo que hacían allí, dos soldados se adelantaron y me asieron fuertemente por los brazos, me ataron las manos a la espalda y, en vez de permitirme la entrada por unos instantes a mi casa, fui conducida a la fuerza hasta la explanada de la Iglesia.

Por fin habló el que parecía ser jefe de aquella comitiva. Un hombre sanguíneo, con una casaca repleta de honores, cruces y medallas que reflejaban a la luz del sol un resplandeciente centelleo que encandilaba a quienes lo miraran de frente, con voz campanuda dijo:

—¿Eres Soluna, la hechicera que con astucias logró abatir a un batallón español?

—No soy hechicera ni jamás lo seré, mire bien mi catadura y juzgue de qué manera podría vencer a un escuadrón que llega convencido de la nulidad de sus razones.

El hombre me hizo callar a la fuerza con un manotazo sobre mi boca.

—¡Cállate! No deseamos escuchar tus monsergas, sobre ti pesa la imputación de haber propiciado la muerte a un oficial español y de hacer que sus soldados depusieran las armas con conjuros y engañifas de bruja ladina. ¿O acaso es mentira que le propinaste a un capitán un espadazo en plena cabeza que le hizo desaguar los sesos?

Quise protestar, pero no me fue permitido. Así que me mantuve en silencio tratando de desviar la vista de la aglomeración de medallas de aquel oficial que me mantenían completamente encandilada.

—El alto mando ha decidido que mueras carbonizada, he venido desde la colindante Villa de los Güines para hacer cumplir la sentencia. Las brujas mueren en la hoguera como pago por sus perversidades, no tienes derecho a réplica, permanecemos en estado de sitio y todo el que se opone a nuestra ley o interfiere para que esta no sea cumplida, es considerado un rebelde.

—Pregunto a usted, gran personaje, qué sentencia se le aplicará a los que asesinan sin razón y sin que los contrarios opongan resistencia...

Me hicieron callar con otro guantazo en la mejilla. Miré al señor cura, quizá el podría alegar algo en mi defensa o me ayudaría a desenredar aquella patraña, pero permaneció con su cara vuelta a tierra, mascullando no sé qué cosa que lo mantenía muy concentrado.

A rastras me condujeron y me encerraron en un cuchitril de la iglesia. En mi trayecto me crucé con varias mujeres, todas se persignaron, pero ninguna alzó su voz a mi favor, tampoco los hombres y soldados sobrevivientes de la matanza.

¿Tendría que ver lo que sucedía con la advertencia de Octavio? Estaba convencida que sí, por ello invoqué al espíritu del Capitán por mucho tiempo, pero jamás acudió en mi ayuda, me dije que ya buscaría la manera de salvarme, no debía descorazonarme antes de tiempo.

Me asomé por el ventanuco que daba a la plaza, la descubrí deshabitada, un aire sombrío soplaba afuera, alguien rajaba leña a lo lejos, amontonándola en una pira gigantesca, me arrebujé en mi mantón y quise rezar, pero no pude, en ese instante el campanario de la Iglesia dejó escuchar diez campanadas, fue en ese instante que comencé a temblar, consciente de mi abandono.

Toda la noche estuvo cayendo una hebra fina de agua. Al amanecer desperté asustada, sentí unos golpes afuera que provenían de la plazuela, había salido un sol mortecino a causa de la nubosidad que persistía.

Me asomé. Estaban clavando en el suelo un maderamen. ¡Iban a cumplir la sentencia enarbolada en mi contra! Luego de dar firmeza al madero, fueron apilando tanta leña en torno como si pretendieran achicharrar todo un caserío y no a una simple mujer. Les miraba desde mi postigo con los ojos enrojecidos y el cuerpo convulso. La repulsa contra mí, estaba comenzando a cumplirse.

Al rato, el oficial que les comandaba hizo una señal para que dejaran de apilar leños y envió a dos soldados en mi búsqueda. Fui conducida hasta allí con una soga amarrada al cuello como si fuera una bestia de tiro, me alzaron fuertemente por los brazos y me situaron encima del cúmulo de leños.

El presbítero se acercó comenzando a recitar una extraña cantinela en latín, mientras paseé la vista por la explanada: ninguno de los pobladores había acudido a presenciar mi castigo.

El oficial de las medallas se colocó al centro, mirando en derredor, los vecinos habían cerrado las puertas y ventanas de sus casas en señal de desaprobación, esto no parecía importarle, hizo un ligero aspaviento con la mano, sacó un rollo de papel y, desenrollándolo, comenzó a leer.

Era una ridícula denuncia de chantaje contra un oficial español por una hechicera que, según él, actuaba en combinación con los mambises. Dijo entre otras cosas que apenas me concernían, que las encantadoras debían ser incineradas para espantar lejos a los falsos demonios y toda la pléyade de espíritus oscuros que portaban con ellas.

Luego el cura sacó un extraño pliego que por sus trazas me pareció muy antiguo, pues ya amarilleaba por los costados, algunos huecos carcomidos por las polillas adornaban su frente, y comenzó a leer en alta voz una grotesca arenga, no solo en mi contra sino contra las todas las mujeres del poblado:

—Conocemos muy bien todos los actos provocadores llevados a cabo por nuestra acusada, Soluna, y en todos los pobladores permanece la incertidumbre sobre la legitimidad de sus pecados. Bien es sabido que, además de las imputaciones de maleficio, es cómplice de los insurrectos que pueblan nuestros campos, y que, en disímiles ocasiones, sabiendo el sitio donde acampan, va hasta ellos y les suministra auxilios y remedios. Pero, ese no es el caso que quiero desplegar. Todos se preguntarán qué motivos tengo para considerarla una bruja, afortunadamente... —en este instante levantó la vista hasta los cielos y, persignándose, agregó—: contamos con el *Malleus Maleficarum*, un libro escrito en mil cuatrocientos ochenta y siete, y del cual he extraído este legajo entregado a mí por el padre Nicomedes Lamantines de la Cruz Mayor, anterior párroco de la Villa, con la intención de descubrir las características de las brujas y atraparlas. Sus escritos nos iluminarán sobre este significativo tema... —Y, así, sin más preámbulos, pasó a expresar—: El primer y más grande signo de sospecha de brujería, es que se trate de una dama. La mujer está llena de maldad. Todas las malicias y perversidades provienen de ella. Por ello los servidores de la iglesia se apartan. ¿Se puede concebir mayor perversidad que la de ser hembra? En la primera mujer, Eva, se evidencia que su fe es mínima por naturaleza y tentó al primer hombre para acarrear el pecado al mundo. La mujer es malvada por naturaleza y, por lo tanto, esa es la característica principal de las brujas. Transforman y tientan a los hombres. ¡Mucho cuidado! Las brujas son tan malas, que pueden llevarnos al equívoco amor. Como fue el caso de nuestro fallecido capitán Octavio Meneses de Altunaga. Las brujas son las servidoras del diablo, roban leche a las parturientas, provocan las tormentas, cabalgan en cabras, convierten a los recién nacidos en cojos o lisiados, atormentan a los niños de cuna, alteran los objetos de diferentes formas, de manera que un hombre puede parecernos un buey o una vaca, y empujan a la gente al amor y a la inmoralidad. Los nefastos ritos de las brujas, especialmente los aquelarres, que son reuniones donde las brujas se permiten tener sexo fuera del sagrado oficio del matrimonio, generalmente ocurren al amparo de la noche. El aquelarre mayor, según la tradición, es precisamente el 31 de octubre, día en que ocurrió la matanza del Collado, y puedo atestiguar que vi a Soluna esa misma noche, caminando con una lucerna en la madrugada, por la colina rocosa de entrada al pueblo. Iba con un palustre, arrastraba un fardo que al parecer era un individuo embriagado, y en el acto lo hizo desaparecer, engulléndolo con sus dientes de arpía, no quedó ni rastro de él, detrás de ella dócilmente caminaban varios machos cabríos con los que posteriormente copuló. La experiencia nos demuestra que las brujas provocan tormentas y granizadas, y pueden hacer arder en el fuego eterno a los hombres dignos y a todo el pueblo que contaminan con la llamarada de sus ojos.

Mientras el padre pronunciaba esta retahíla de sandeces ante la aprobación de los soldados que asombrados asentían a todo con una señal de la cabeza, yo miraba hacia las callecillas del Collado y distinguí a dos hombres con antorchas moviéndose con sigilo para no ser divisados por la guarnición. La decisión que habíamos tomado en secreto, horas después de la matanza, era la de incendiar el caserío antes de que cayera en manos de los soldados españoles o del pelotón que venía arrasando todos los campos para hacer cumplir la desatinada orden de Weyler, este evento se ejecutaría al anochecer de este mismo día.

Al parecer, ante la amenaza de que me quemaran viva, los pobladores, para resguardarme habían anticipado la quema, deduje que por ello los veía moverse en secreto mientras sus mujeres trataban de salvar algunos bártulos poniendo a buen recaudo las crías y los niños. La ilusión renació en mi alma de bruja comenzando a bailotear de contento.

Por fin el cura terminó de leer su pergamino y el oficial dijo que en vista de que había sido probada con argumentos más que suficientes mi condición, iba a ser ejecutada de inmediato en un acto de excomulgación y escarmiento. Miré hacia el pueblo, los costados de las casas habían comenzado a arder con un fuego más bien pobre. Un viento frío que soplaba desde el norte lo fue enardeciendo y, de pronto, la mayoría de las casas comenzaban a ser envueltas por las llamas.

Ya la orden iba a ser cumplida, me izaron a lo alto de aquel maderamen y un militar se acercó con un hachón encendido, otro vertió un carburante maloliente que me hizo sofocar y toser varias veces y, luego de ejecutar su maniobra, paseó la vista por los alrededores y, dejando caer la garrafa, vociferó:

—¡Capitán, mire hacia allá, Soluna con la vehemencia de sus ojos, está prendiendo fuego al Collado!

El oficial y sus ordenanzas retrocedieron sobrecogidos, y el cura persignándose cayó de rodillas en tierra y comenzó a proferir graves gemidos.

—¡Maldita! —vociferó el oficial de las medallas—. Te has valido de tus fullerías para achicharrar el Collado. —Luego, volviéndose hacia sus soldados, dijo—: ¡Salgamos de aquí antes de que nos convierta en burros y vacas o nos carbonice a nosotros también!

Tomaron por las bridas sus caballos y, dejando abandonados en la explanada sus bártulos de tormento, se fueron a todo correr con sus bestias espantadas por el humo que comenzaba a envolvernos a todos. Sonreí, agradecida, los vecinos no me habían dejado abandonada como antes creí. Así que bajé como pude de aquel suplicio, recompuse mis ropas y luego me eché un rato a la par del cura, sobre los costados de aquel tormento, para asimilar en su totalidad el hecho y agradecer al mundo entero.

El cura siguió un rato más echado en tierra viendo cómo ardían las casas del Collado y por los gestos de su cara, considerando que se trataba realmente de un encantamiento, allí quedó implorando sobre la tierra reseca de los costados de la plazuela hasta que los soldados del regimiento se alejaron. Cuando fui a salir andando para unirme a los míos, me hizo un gesto con la mano, diciendo:

—Soluna, no creas que sostengo como verdadero tu engaño, supe en confesión por algunas mujeres que sus maridos iban a incendiar el Collado, y si me presté a seguirte el juego fue para que salvaras la vida, pero no te aguanto más, recoge los trastos y vete con tu gente antes de que me arrepienta y les cuente la verdad a los soldados. ¡Desventurada

—chilló—, por tu culpa han carbonizado mi comunidad, ya no tendré faena, ni prédica, ni parroquianos, moriré de hambre!

Dicen que días después sus acólitos lo descubrieron hablando incoherencias, caminando en calzones por las callejuelas del poblado calcinado, y desprovisto de sus accesorios clericales. Pobre cura, ya no tendría misas, ni sacramentos, ni a quien sermonear con los castigos del fuego eterno.

Estaba satisfecha por el modo en que salvé mi vida, le debía este favor a los pobladores del sitio, mas no tenía certeza de que en lo adelante esto ocurriría de nuevo. La amenaza de los soldados y la enajenación del cura pesaban como un estorbo difícil de cargar, tenía la espantosa convicción de que en cualquier momento caerían sobre mí los tomentos a que sometían a las mujeres acusadas de brujería por la iglesia.

# XII

Nunca fui bruja ni hice tratos con demonios, jamás apelé a insólitos artilugios para llevar a cabo mis modestas alquimias, solo acudía al poder curativo de las plantas para sanar a los otros y esto en algo me servía, pues los pobladores del sitio me miraban con agradecimiento y trataban por todos los medios de preservar mi vida.

Fue mi abuela quien me adiestró en los secretos de las curaciones. A pesar de los dones de ella para aliviar y hacer milagros, mucha gente precavida huía de ella. Solamente los pobres la buscaban para que los librara de las miserias del cuerpo y del alma. Era, Claudina, decidida y de hermosa compostura, fue criada en un convento en Santa Cruz de Tenerife, al salir de él, a los quince años todos esperaban que hiciera un buen matrimonio, pero se enamoró de un hombre que había llegado a la aldea sin que los demás supieran qué pasado escondía. Era un fugitivo de las costumbres que no estaba inscrito en ningún padrón, y como no tenía familiares conocidos se aquietó en la aldea y le dio cuatro hijos.

Usual que los hombres viajaran a la nueva España en busca de fortuna y que las mujeres quedaran de por vida cuidando a la familia. Todas las señoras que conoció murieron de aburrimiento mientras miraban al mar esperando por un marido que jamás volvió. No más atravesar los mares, ya fuera por pobreza o por trasiegos del olvido, renegaban del pasado, guardándolo como un paraíso lejano e intransferible.

En aquellos tiempos era extendida en España la fama de venirse al nuevo mundo en busca de riquezas, mas no todo era melazas para el viajero. Deseosos de caudales cómodos de lograr, juzgaban mal que acá abundaban los botines sin amo y que en poco tiempo serían dueños de minas de oro, encomiendas y riquezas.

Esto daba lugar a que una muchedumbre de merodeadores y hombres en ruina deambulasen por las campiñas, famélicos o en harapos, muchos de ellos pesarosos de su suerte, mas insolventes para pagar su pasaje de vuelta. Numerosos los que abandonaron hijos y mujeres para irse detrás de una quimera. Hubo incluso algunos casos de varones reclamados por sus mujeres, que fueron devueltos a España a la fuerza.

Los reyes de España, enterados de tal situación y velando por la pureza religiosa y moral de sus vasallos, procuraron seleccionar a la población emigrante y prohibieron el paso a Indias a los cristianos nuevos o conversos, a los judíos, a los musulmanes, a los gitanos y a los condenados por la Inquisición.

No favoreció nunca el trasvase de la población de vagabundos y menesterosos que abundaban en algunas ciudades españolas, sino que, en ocasiones, dieron órdenes para que los mendigos y holgazanes de las nuevas tierras fuesen repatriados a la península ibérica. No faltaron medidas para que los hombres casados solo pudieran emigrar a América si tenían el permiso explícito de sus esposas. Pero este mandato poco fue cumplido en estas tierras, faltos de avizores de la ley, los senderos permanecieron por muchos años repletos de vagabundos necesitados.

Se ofrecían las siguientes recomendaciones a los viajantes: «Es saludable consejo que antes de que el buen cristiano entre en la mar haga su testamento, declare sus deudas, cumpla con sus acreedores, reparta su hacienda, se reconcilie con sus enemigos, gane sus estaciones, haga sus promesas y se absuelva con sus bulas; porque después en la mar ya podría verse en alguna tan espantable tormenta o quebranto del espíritu ante las vicisitudes, que por todos los tesoros de esta vida no se querría hallar con algún escrúpulo de conciencia, o que saciado de dolores en el nuevo mundo quiera antes morir que seguir atado a sus deudas o a su torturante subsistencia».

Los pocos que volvían eran inconfundibles, eran llamados por sus coterráneos «indianos». Caminaban orondos y ufanos de la riqueza que lograron acumular en las islas descubiertas en ultranza, sonreían con sus dientes y sus leontinas de oro puro, con un tabaco entre los labios, sus barrigas reventaban la camisa y su boato les hacía renegar a algunos de la familia que dejaron detrás, hombres que marcharon dispuestos a forjar cualquier cosa con tal de renegar del pasado que dejaron. Los que no morían de tristeza ni regresaban como indianos, forjaban una nueva familia con honradez y sin provechos, terminando sus días rodeados de su descendencia.

El destino de mi abuela era transitar por el mismo sendero que el resto de las mujeres que conocía: renunciar a la vida, dedicando sus fuerzas y sus años al sostenimiento de la familia, a falta de la ayuda de un padre.

Eran ellas quienes labraban la tierra, uncían el ganado y defendían su prole de las embestidas de las huestes de salteadores que proliferaban al amparo de los montes. A Claudina no le atraían las mismas cosas que al resto de las mujeres, quería salir al mundo protegida por la idea de hacer sus ganas. Por ello, vendió su hacienda reuniendo todo el dinero posible, compró boletos para ella y sus pequeños hijos y se embarcó en una nave mercantil rumbo al Caribe. Durante ese tiempo se ganaba el sustento cocinando, o con cualquier encargo menudo que pudiera cumplir.

A la semana estaba arrepentida, ninguna mujer conocida por ella cruzó los mares sola. Sus vecinas de la aldea la tomaron como una chiflada capaz de arriesgar su vida y la de sus hijos para consumar sus avideces. Todas sus vecinas acataron hasta la muerte los preceptos de hombres que jamás volvieron a ver, sin atreverse a contradecirles. Por ello entendieron aquella partida de mi abuela como un trance de señora liviana.

Deambuló por varias islas del Caribe antes de llegar a Cuba, fue un dilatado camino y un espacioso conocimiento de los secretos del mundo, esos que solo se revelan a las personas audaces. Aprendió de las negras esclavas los santos y las señas de las deidades africanas, sus arcanos, sus remedios, sus bailes y sus alimentos. Los hijos que llegaron luego de su partida poseían nacionalidades diversas, el primero en nacer era dominicano, el segundo puertorriqueño, el tercero jamaicano y el más joven nació en la última travesía, un navío irlandés, por lo que al niño le otorgaron esta nacionalidad remota. Los cuatro que emprendieron el viaje junto a ella desde su heredad eran españoles por nacimiento.

De las francesas que encontró en Haití aprendió a preparar los licores exóticos que fortifican el cuerpo, los bálsamos perfumados que ofrecen vigor y las técnicas sofisticadas de amar dando deleite al espíritu y larga vida. Entre las nativas, conoció de las vírgenes que dormitan en las ramas de los árboles sustentando su poder al amparo de la madre naturaleza, a interpretar las voces del viento y de la lluvia y a predecir el futuro atisbando el rumbo de las aves.

Bebió de tantas fuentes que acabó desconociendo su anterior formación en un convento cristiano. Comprendió que existía un solo Dios para todos, aunque el cúmulo de culturas con las que entabló relaciones le llamaran con nombres distintos.

Fue la única mujer de la aldea que desafió al destino. Cuando por fin halló al hombre que salió a buscar, ya no era la misma mujer que se casó con blondas de castilla frente a un santuario. El mal día que lo encontró, con un gesto de cabeza lo saludó como se hace con un desconocido y del modo más simple le dijo que prefería seguir viviendo sola.

Él suplicó para que quedase un tiempo allá en Vueltabajo junto a él, pues la soledad le estaba carcomiendo las entrañas. Condolida por el desaliento de su marido, juntó pedruscos y con calderos que pidió en préstamo, preparó un cocido que repartió entre todos los que se acercaron atraídos por el olor.

A la semana era la guisandera más reconocida del sitio y cobraba sus buenos maravedíes por ello, hasta que, aburrida de las vegas y de los cuidados desmedidos que se debía emprender para cultivar las hojas, tomó un tren de carga rumbo al occidente, ella y sus ocho hijos. Del marido nunca más volvió a saber ni pretendió ampararle nuevamente de su soledad, allí quedó adormecido por las aromáticas hojas e impotente de su abandono. Sus hijos crecieron al calor de la aventura, ninguno de ellos estaba dispuesto a acatar las ordenanzas de un amo. Casó a sus hijas, forjó un oficio para los varones y se fue a vivir al Collado.

Mis incursiones por los labrantíos junto a mi abuela me hicieron descubrir sensaciones desconocidas, mientras aprendía de memoria las cualidades curativas de las yerbas.

—Si te fijas bien podrás reconocer el aliento de la naturaleza y la intención de los montes, solo entonces comprenderás mejor el alma que llevas dentro y tus interrogantes tendrán respuestas —decía mi abuela—. Hay hombres que no saben del hálito que emana de los árboles, ni de las florestas que te congratulan a tu paso intuyendo tu alegría o tu orfandad. Mira, observa cómo son nuestros aliados, cómo mueven sus hojas a nuestro paso para demostrarnos su regocijo… es su manera de hablar.

Los paseos por el campo nunca tenían fin, mi único deseo era encontrar las huellas que el hombre perdió en ese largo camino que le hizo forastero en su propia tierra, encerrado en cubículos de barro o madera sin ver otros horizontes que los que él mismo erigió para apartarse de sus semejantes.

No eran las señales de la naturaleza los únicos caudales que antes acumulé, en mi cabeza residían las sapiencias que aprendí de los cultos africanos, comprendí que no eran nociones abstractas, no vivían en mí como imágenes imprecisas, ellas se habían adueñado de mis pensamientos, era yo otra imagen dentro de aquel conglomerado. Aquellas deidades que coexistían para el socorro de la naturaleza abrían en mí cauces de quimera mostrándose colmados, diferentes, motivadores de la paz. Por mi abuela conocí al padre de los pájaros, a la madre del agua, al cuidador de los animales, al alma de los sueños, al padre de los montes, a la Pachamama y otros que me sirvieron de mucho en mis aventuras por la vida.

Poseía también nuestro padre una biblioteca de libros ilícitos para la inquisición y la nobleza hispánica, y se preocupó en proveer a sus hijos de los ideales libertarios de que hablaban aquellos libros. Fue de los primeros en manifestarse contra los estragos del cuero. Sus lecturas y sus amigos independentistas eran una tacha para la dignidad de los poderosos del pueblo.

Todos sabíamos en casa leer y escribir, incluyendo las mujeres, cosa extraña para los tiempos que corrían, sabíamos inglés y el francés lo hablábamos correctamente, pues lo aprendimos de nuestra abuela.

Nuestro hermano mayor, Erasmo, instaló en el pueblo, a donde se fue a vivir, una pequeña imprenta, en ella editaba un periódico semanal llamado *La Linterna*, en él abundaban las crónicas que tenían que ver con acontecimientos sobre la burguesía, o anuncios difusores que mantenían con creces la llegada de papel y tinta al diario, pero en él aparecían además abundantes reseñas sobre acontecimientos independentistas.

El ambiente benéfico que adorábamos y manteníamos dentro de la familia se hizo dificultoso después que mi hermano comenzó a dar a conocer hechos ilegales cometidos en las haciendas en contra de los esclavos y otros, para que la gente enriquecida del pueblo dejara de mantener una actitud entreguista al gobierno de Weyler.

Un día aparecieron los soldados de la guarnición del pueblo y lo destruyeron todo, quemaron los libros, los diarios que conservábamos como muestra, y los cuadernos de notas.

Habíamos atraído sin pretenderlo la hostilidad del gobierno que nos pensó desleales, por lo que luego de varias escarnamusas en que salimos muy mal parados, y a pesar de que nuestro padre era valenciano de pura cepa, le desterraron a la Isla de Pinos con el rótulo de enemigo del régimen español, y con quebranto a sus haberes mercantiles, por lo que la espaciosa hacienda que logró hacer prosperar con la ayuda de mis siete hermanos y el trabajo justo de manos jornaleras, fue embargada, quedando solo el cafetal propiedad de mi abuela, del que ahora nos proveíamos Nahyr y yo en el Collado. Mis hermanos eligieron irse a la manigua con los insurrectos. En aquel exilio forzoso dentro de su propia patria mi padre murió junto a mi madre.

Muerta la abuela, mi hermana y yo forjamos en el Collado nuestro refugio, aunque nuestras cosas iban de mal en peor. Nuestra torpeza hacía que los frutos se desgajaran sin manos suficientes para recogerles, las viandas y las hortalizas escaseaban y el ganado moría de sed.

# XIII

Dejé de pensar en mi familia y regresé al presente, la situación era difícil, debíamos tomar una decisión cuanto antes. Me persigné mentalmente antes de salir corriendo hacia el sitio donde me aguardaban los míos, debíamos huir de aquel lugar antes de que el batallón, que ya se abría paso entre los matorrales del valle, llegara y nos detuviera para siempre.

Ya habíamos enterrado a los fallecidos, y acatado la idea de que el capitán Octavio era un demonio capaz de esquivar hasta la sombra irrefutable de la muerte. Era hora de ocuparse de los supervivientes y sus llagas.

Comenzaron a llegar hasta un seto donde instalé mi morada, hombres, mujeres y niños con las heridas enquistadas por los golpes, les curé lo mejor que pude con emplastos de hierbas de sarilla y camomila, hice que las hemorragias cesaran con parches de tela de araña, las ronchas con siemprevivas, y para el hambre hice unas tisanas con todas las hierbas que pude conseguir, luego de aplacar en algo las barrigas hambrientas, las heridas infectadas, y los ímpetus alterados, les dije:

—Prepárense, ya tenemos al ejército encima, debemos reconcentrarnos por nuestra propia voluntad antes de que los oficiales lo hagan a la fuerza o en el peor de los casos nos liquiden.

Todo estaba listo para marchar al pueblo, solo faltaba mi hermana Nahyr, no estaba en casa y sabía que no vendría jamás, ya se había abierto camino a su manera.

# XIV

Partimos siguiendo un estrecho vado que conducía al pueblo más cercano a San Nicolás, el camino era pedregoso y a cada rato teníamos que detenernos para auxiliar a algún herido o un niño maltratado por las escabrosidades del sendero. De nuevo comenzó a llover a mares como si se hubieran abierto de golpe todas las compuertas del cielo, ríos de agua repiqueteando en los charcos y el barro del camino donde nos hundíamos hasta los tobillos.

Así fuimos andando bajo la lluvia por un camino surcado a ambos lados por una tuna espesa. Debíamos tomar ventaja al ejército que nos seguía los pies y que, a causa de la lluvia, se había detenido. Caminábamos apiñados, inclinados hacia adelante, entornados los ojos para no quedar cegados por el agua violenta que nos magullaba el rostro. A cada rato veíamos a las auras volar en las pequeñas escampadas del temporal para disfrutar el festín de muertos que dejábamos abandonados a nuestras espaldas. Permanecimos andando todo el día, embrutecidos e indefensos como un rebaño de ovejas camino al matadero.

Muchos aldeanos salieron a vernos pasar, incrédulos de lo que contábamos, inseguros de si era cierto lo que venía detrás. Las comadres murmuradoras que partieron antes, se habían ocupado de contar sobre la matanza del Collado y del modo en que rendí a los soldados y al capitán Octavio; la mayoría de la gente que vi, ya se habían enterado de mi faena atribuyéndome virtudes excepcionales.

Decidí aceptar los dones de hechicera que me atribuían por cansancio, porque no tenía ganas de batallar. Hay caminos a los que el destino te empuja, evidencias en las que es necesario creer para sobrevivir, por ti o por aquellos que están esperanzados con esa ilusión. Acudimos al engaño para sobreponernos a nosotros mismos, nos ajustamos a la mentira como a una montura que te ciñe ayudándote a avanzar un trecho.

Resolví parecerme a lo que los otros deseaban que yo fuera: un ser por encima de las leyes del raciocinio, capaz de prevenirles de la incertidumbre de andar a ciegas, sin concebir que no hay estrategias infalibles para todo el mundo, tampoco alguien que diga lo que es mejor hacer.

Continué mi camino aparentando ser lo que ellos exigían, una encantadora que podía protegerles del peligro y la amenaza que se nos echaba encima. De todas formas, resistir de cualquier manera y a cualquier precio también era guerrear aquella batalla impuesta por las circunstancias.

Andando por los caseríos, entré en chozas, hablé con gente y vi pruebas de privaciones y sufrimientos que hicieron sangrar mi corazón. Vi niños con miembros hinchados y aspecto agonizante debido al hambre. En los campos solo encontré ruinas y cenizas. En muchos lugares los campos sembrados fueron destruidos completamente por las hordas de voluntarios cubanos que servían al gobierno español y que guerreaban y hacían daño a sus coetáneos. El poco ganado que quedaba había sido destripado por los fusiles sin aprovechar su carne, pues no querían que fuese útil a los insurrectos.

Familias enteras que habían escapado de las zonas de Reconcentración, deambulaban sin rumbo por el valle con desespero buscando comida para sus hijos. Luego de haber cruzado los desolados caseríos, no encontramos alguna señal de vida, salvo un perro salvaje al asecho. Todo el campo envuelto en una calma de muerte.

Supimos del caso de un rico aparcero y de media docena de curtidores que laboraban bajo su mando, que asentados en los cerros cercanos no se habían enterado de la orden de Reconcentración ni de la abatida que el ejército llevaba en el territorio, y prosiguieron afanados en su trabajo, hasta que vieron aparecer a los soldados indignados porque habían desobedecido la orden de la Reconcentración. Los labriegos que vinieron después por estar lejos con los rebaños, solo encontraron ripios de carne quemada, los trozos más grandes que pudieron localizar consistían en dos ganaderos ensartados con una estaca en la puerta de sus casas.

Hasta ese momento habíamos tenido suerte.

# XV

Así permanecimos andando bajo el aguacero con nuestras ropas empapadas, con cansancio y hambre por un día entero, caminábamos con pereza, nuestras mentes estaban ensombrecidas por el dolor y el padecimiento.

Al llegar al pueblo, caía un sol de justicia, que nos calentó el cuerpo. Las primeras señales de lo que iba a ocurrir llegaron un poco más tarde, los soldados que holgazaneaban frente al regimiento, vieron aparecer de pronto una compacta fila de campesinos andrajosos y con el fango calado hasta los huesos, al frente de ellos iba yo. Al acercarnos, se aferraron a sus armas, y a pesar de nuestra entrada pacífica, nos trataron como a condenados. Detenidos junto al cerco tendido en torno al pueblo, por fin pudimos observar el sitio.

A la entrada, un pequeño cementerio erigido muy cerca de la iglesia católica, al estar saturado de cadáveres sus parcelas, las autoridades habían acudido a las fosas comunes, cavaban un hueco enorme, allí apilaban los muertos y, luego de verter un poco de cal sobre aquel amasijo sin nombre ni señales, los tapaban.

Me enteré que el número de muertes por hambre y enfermedad era incalculable. Un pequeño huerto abandonado rodeaba la ermita dedicada a san Nicolás de Bari, a esa hora permanecía cerrada. Me pareció el pueblo con sus casas de barro apisonado y sus cobertizos de zinc, un pueblo triste.

Eran las seis de la tarde, los pobladores civiles se habían encerrado en las viviendas, las calles estaban desiertas, y nuestros zapatos remendados sonaban como yelmos sobre las calles solitarias, el graznar de cientos de avecillas negras revoloteando sobre los techos nos dio la bienvenida.

Así fuimos adentrándonos en el pueblo custodiados por una docena de soldados, preguntándome adónde iban a llevarnos. El cuerpo me dolía intensamente, el hambre y la sed hacían que mi cuerpo se encorvara. Quise protestar negándome a proseguir aquel camino que solo nos conducía a la desolación.

Entonces vi niños con pareja angustia, con idéntica hambre; ancianos derruidos que ni siquiera podían caminar con todo el desabrigo del mundo dibujado en sus caras, a gente con grandes contusiones y enfermos de morbos desconocidos sin los medios necesarios para sanar sus males, de los que todos se apartaban y permanecían como basura echados en las costeras del camino, amparados tan solo por el forraje con que se resguardaban. ¿Cómo podía pensar en mi sed, en mi cansancio, en mi orfandad, cuando otros padecían más que yo?

Ofuscados cumplimos con el mandato de reconcentrarnos por nuestra propia voluntad, eso fue lo que dijimos, pero en lo profundo todos estábamos en contra de aquella orden. Mientras caminaba podía escuchar claramente los cantos y la juerga de los soldados españoles acantonados en el pueblo, algunos iban de un lado a otro con antorchas encendidas.

Mientras caminaba por la calle real del pueblo, al frente de mis compañeros de cautiverio escuché en la penumbra lánguida de la noche el sonido de una guitarra que alguien rasgaba con nostalgia. Su sonido me acosó toda la noche.

Nos llevaron hasta una especie de paradero donde se detenían los viajantes que arribaban al lugar, era un verdadero lodazal, hasta allí llegaba en la madrugada una locomotora proveniente de la Villa de los Güines, en ella venían vituallas y comida para el regimiento. Los sitios a donde fuimos confinados, les llamaban «los pozos».

Nuestro albergue consistió en una vieja nave abandonada que descansaba sobre pilotes medio derrumbados, encima de un gran charco de agua maloliente, allí se vertían los orines, la basura y hasta los excrementos. El suelo de la nave era de madera y estaba lleno de boquetes.

En la penumbra de la noche me esforzaba por ver y entreví que no había separaciones entre hombres y mujeres, ni existían lavabos, ni camas. Permanecían hacinados como cerdos, sanos y enfermos, amigos y enemigos, los más infectados los habían retirado a un rincón del fondo y nadie se ocupaba de ellos, corrían la misma fatalidad que los ancianos que vimos tirados sobre el herbaje. Solo había un médico en el pueblo que no daba abasto para tantos dolientes, algunas curanderas mal instruidas hacían su faena lo mejor posible con escasos medios.

En una división hecha con ramas y troncos de árboles a los lados del improvisado campamento divisé algunas cautivas. Eran antiguas prostitutas que habían servido como regocijo de los soldados, ahora permanecían contagiadas de tisis y enfermedades venéreas, su estado físico era terrible, algunas estaban semidesnudas, exhibiendo las pústulas que cubrían su cuerpo, tenían tan aquejados los miembros que muchas ni siquiera podían sentarse o caminar.

A primera vista me parecieron repudiables, pero al fin y al cabo eran seres humanos, y una vez que me familiaricé con ellas descubrí que eran personas tremendamente sufridas, habían sido rechazadas por sus familias y por los hijos que dejaron antes de entrar a la mala vida con la ilusión de mejorar su entorno, y solo fueron conducidas a la desidia y la soledad.

Todos los reconcentrados estaban flacos, macilentos, y sus rostros serían amarillos si no les ennegreciera el polvo y la suciedad. Se cubrían con harapos. Permanecían tan escuálidos, que parecían muertos que se habían levantado para perdonar a los vivos.

# XVI

No pude descansar dentro de aquella nave, así que salí a merodear por las callejuelas del pueblo. De trecho en trecho vi moribundos, en cuyos oídos murmuraba un monje rudimentos religiosos. Decaídos por el hedor que reinaba en el ambiente y los quejidos, ni el agonizante entendía, ni el asceta sabía lo que expresaba. Reconcentrados, soldados, campesinos, religiosos, mujeres, niños... todos padecían la misma contrariedad. No existían allí clases, sexo o edad... solo existía la desdicha.

Una muchacha de agraciados rasgos tras su cara lúgubre, vestida con harapos y con los huesos afilados apuntando por debajo de la piel, trata de curar con unas hierbas las laceraciones que había infligido la delgadez en su hermano menor. Está tendida en un portal, y con la mano derecha abraza a un bebé, al parecer es su hijo que tiembla de frío; su mano izquierda está envuelta en un lienzo lleno de sangre y fango.

El desaliento le abrasa, anhela tener fuerzas para huir de allí, pero carece de vigor para andar un tramo. Me tiende una mano, pareciera pedir algo que ninguna de las dos logramos precisar, me inclino y nos tomamos de la mano, ni siquiera tenemos ánimos para sollozar. Ambas miramos al cielo y así permanecemos un rato en silencio.

Por mil que están resistiendo la devastación y la epidemia, hay otros mil que fallecen sin recibir asistencia ni sepultura. Veo moribundos tendidos en las calles sin nada que los resguarde. Abundan los padres sin hijos, hermanos sin hermanas, maridos sin mujer. El que no puede encontrar a los suyos entre los vivos, tampoco los puede descubrir entre los muertos, pues no hay tiempo para empadronarlos o darles sepultura digna. Hay muchos cadáveres arrojados en las calles, en los portales de las casas, en el parque, frente a la iglesia... Mi espíritu tiembla de dolor e impotencia.

Los campesinos que me siguen a todas partes, se detienen llenos de espanto ante tan terrible espectáculo, casi están a punto de volverse a los campos, aunque la metralla los ultime de una vez. Las lágrimas corren por sus ojos y se preguntan si son hombres o sombras las pocas criaturas con movimiento que discurren ante su vista.

# XVII

Todo lo que vi, no deja de lastimarme al punto de no poder sosegar mi mente acalambrada por la vista de aquellos hechos y de aquel padecer. Paso el día atolondrada y a este período le sigue otro de desaliento profundo que afecta mi cuerpo y mi alma hasta dejarme enajenada.

Familias numerosas se encuentran reducidas a la nada, y no queda en ellas uno solo que eche de menos a los demás. En esos días aciagos circula la noticia de que uno de los líderes de la guerra, el Titán de Bronce, que se abre paso por entre lomeríos, trochas y batallas cruentas, envía a Weyler una carta que dice así:

«A pesar de todo cuando se había publicado por la prensa respecto de usted, jamás quise darle crédito y basar en ello un juicio de su conducta; tal cúmulo de atrocidades, tantos crímenes repugnantes y deshonrosos para cualquier hombre de honor, estimábamos de imposible ejecución por un militar de la elevada categoría de usted. Parecían más bien aquellas acusaciones, obra de mala fe y de ruin venganza personal, y creí que usted tendría buen cuidado de dar un solemne mentís a sus detractores colocándose a la altura que la caballerosidad exige y al abrigo de toda imputación de aquella clase, con sólo adoptar, en el trato de los heridos y prisioneros de guerra de este Ejército, el sistema generoso seguido desde su comienzo por la Revolución, con los heridos y prisioneros de guerra españoles».

Por entre la gente confinada en los fosos transitó la declaración de que el alcalde de Güines, ansioso por el estado de los reconcentrados, visitó a Weyler para exponerle las terribles condiciones en que se encontraban estos en esa Villa y solicitarle algunas raciones para impedir que continuaran muriendo de hambre, y este le respondió:

— ¿Dice usted que los reconcentrados mueren de hambre? Pues precisamente para eso hice la Reconcentración.

# XVIII

Al ver a tanta gente desvalida comprendí que el sentido de mi vida, era utilizar los dones que me fueron proveídos para dar un poco de alivio a aquel desastre. Ellos poseían una sed de amor tan insaciable que a pesar del hambre y las enfermedades que les hostigaban, ansiaban más que todo amistad y compasión, creí que entre todos podríamos crear una hermandad que nos ayudara a sobrevivir aquel período incierto.

El primer impulso fue el de marcharme con el regimiento de insurrectos mambises con los cuales en secreto colaboraba y quedar laborando con ellos para huir de aquel infierno que me rodeaba. Los sufrimientos unen más el corazón de las personas que la felicidad. Siempre dispuse de los bríos y el juicio suficientes para llevar a buen galope las riendas de mi vida. Con paso cauteloso me movía luego de haber tanteado bien el camino, en la última semana me sentía como quien emprende una carrera por un camino a oscuras sin saber de los peligros que debe sortear, ni cuándo afianzar o aminorar el paso.

La intuición era quien me conducía en aquellos momentos, esta me decía que me quedara allí, que no huyera de la calamidad, ellos a su vez abrieron para mí las puertas del alma de par en par. Fue un trueque justo que me preparó para cosas peores.

# XIX

Esa noche dormimos sobre la hierba de los costados de la nave al no haber sitio para nosotros, recién llegados. La pestilencia era espantosa y el zumbido de enjambres de mosquitos nos acosó toda la noche, el cansancio nos rindió y dormí de un golpe.

Al día siguiente de mi llegada y a plena luz del día, encontré en el herbaje de los alrededores de la barraca, varias decenas de personas que no cambian allá dentro, pasaban el día acostados sobre el lodo sin fuerzas para permanecer en otra posición, muchos en asientos improvisados con maderos.

Me propuse ir a pedir ayuda a las autoridades españolas, pero mis compañeros de infortunio dijeron que esto era un intento baldío, para nada le importaban los reconcentrados ni la necesidad que sufrían. Estaban al tanto las jurisdicciones de la penuria que sufrían.

Por entre las casas derruidas vagaban algunos jóvenes soldados, heridos y maltrechos. Quise ver el lugar donde dormían, y encontré otros militares encerrados tras las rejas de un albergue similar al de las familias reconcentradas. El aspecto era sombrío; el aire estaba saturado de un polvo que lo cubría todo con una fina capa gris. Debido a los terribles efectos de la guerra, abundaban entre ellos las enfermedades y, al verles inservibles para la guerra, los trataban con el mayor descrédito. Fueron conducidos allí por sentir piedad o desobedecer las órdenes, presos por su propio mando.

Al pensar en la manera en que eran tratados los soldados del ejército español desvalidos y enfermos, supe de inmediato que nada bueno podía esperar para nosotros, los cubanos, sus enemigos bélicos, y de pronto desaparecieron mis esperanzas de encontrar ayuda para los reconcentrados. Debía aceptar nuestra suerte sin chistar y sobrevivir a toda costa.

De todas maneras, nuestra llegada se convirtió en un gran suceso para los reconcentrados. Con la ropa hecha tiras y las caras sucias por carecer del agua suficiente para lavarse, sonreían esperanzados, hasta allí había llegado mi leyenda de hechicera, dijeron que estaban agradecidos de tenerme entre ellos, en lo adelante no estarían indefensos. Yo sentí lo mismo, mi gratitud era inmensa por la oportunidad de servir a personas que necesitaban asistencia.

Puesto que ninguno de los albergues tenía cocina, las mujeres cocinaban al aire libre con una escasa hoguera de la leña que recolectaban. El mayor problema era conseguir alimento. Las raciones que llevábamos desaparecieron enseguida. Los hombres pasaban todo el día explorando los campos de los alrededores para conseguir verduras para una sola comida que se servía más o menos al atardecer. En esta ocasión sólo dispusimos de un pescado para alimentar a cincuenta personas.

Vi niños que comían tierra con avidez, también la cal de las paredes, luego esto se hizo una costumbre que no alarmaba a nadie, todos comían tierra, lagartijas, arañas, pequeños insectos, los perros fueron devorados desde el principio de la contienda.

No había combustible para alumbrarse y ante lo escaso de las velas se reunían todos en la noche a contar historias. La resistencia de aquella gente no tenía límites. Su valentía y voluntad de vivir me conmovieron, tenía un solo plan: salir juntos de aquel infierno. Comprendí que la esencia de toda criatura humana era sobrevivir.

¿Cómo puede ser tan feroz la vida? El inequívoco olor de la muerte que impregnaba el aire, me proporcionó la respuesta. Todo era fruto del egoísmo y la crueldad humana, pero, ¿por qué? ¿Cómo era permitido esto? Caminé por los alrededores llena de incredulidad. Me preguntaba: ¿Cómo es viable que los hombres y mujeres puedan hacerse esto entre ellos? ¿Cómo estas gentes, sobre todo las madres con hijos, podían luchar por sobrevivir semanas enteras sabiendo que el camino por el que transitan conducía a una muerte segura?

# XX

Era el General Valeriano Weyler y Nicolau quien planeó todo, militar de profesión, había nacido en Palma de Mallorca en 1838, su familia pertenecía a la nobleza española, era además marqués de Tenerife y duque de Rubí, siendo diplomado en Estado Mayor, fue ascendido a comandante con tan solo veinticuatro años y destinado a Cuba sustituyendo al general Martínez Campos, tenía ordenanzas de la Corona de zanjar los intentos independentistas de la Isla, por cualquier vía.

¿De dónde le nacía tanta crueldad a un hombre criado en la más estricta nobleza? Estaba considerado como uno de los mejores estrategas militares de España, pero con esta Reconcentración solo copiaba lo que hicieron otros generales ingleses cuando la guerra de recesión en Georgia y Carolina del Sur. Yo estaba al tanto de estos detalles porque era de las pocas mujeres que sabía leer en aquel territorio arrasado.

Los diarios de la capital se hacían eco de la miseria que asolaba el país. Ninguno de los pobladores de estas tierras merecía castigo semejante. ¿Cómo se podía suponer que lejos de sus sembrados aquellos campesinos encontrarían refugio seguro o alimentos para sobrevivir? ¿Era, el martirio a que se les sometía, el intermediario para que depusieran sus ansias de libertad? Sin embargo, con aquellas medidas, Weyler solo lograba que lo odiaran más.

# XXI

Por fin entré a las naves, dentro de ellas vi algunos camastros de madera, pegados unos con otros en cinco hileras. En las paredes estaban grabados nombres, iniciales y dibujos. ¿Qué instrumentos utilizaron para hacerlos? ¿Piedras? ¿Uñas? Los observé detenidamente y noté que había una imagen que se repetía una y otra vez: mariposas. Había dibujos de mariposas a dondequiera que mirara. Algunos eran bastante rudos, otros más detallados. Me era imposible imaginar mariposas en un lugar tan horroroso. ¿Por qué durante la angustia de la muerte pintaban mariposas con afán?

Por más de una semana me mantuve afanada. Recolecté hierbas y tubérculos comestibles e instruí a algunas mujeres para que me ayudasen a recolectarlos, hicimos unos caldos que nos levantaron en algo las fuerzas. Pero, al cabo de los días, puse este trabajo en manos de quienes me ayudaban. El médico del sitio no alcanzaba para tanto padecimiento y por ello debajo de una ceiba instalé un pequeño refugio donde me ocupaba de aliviar a los enfermos a mi manera. Así pasé casi dos semanas.

# XXII

Tenía el cuerpo deshecho por la escasez de alimentos y el agotamiento por atender los padecimientos de tantas personas. Un pensamiento seguía fijo en mi mente: ¿qué fue de mi hermana Nahyr en aquella huida forzosa desde el Collado? Su ausencia me inquietaba, por ello decidí escabullirme del campamento e ir hasta las columnas enemigas en donde se peleaba, con la esperanza de hallarle en el camino. ¿En realidad iba en su búsqueda, o era a Octavio a quien deseaba encontrar? Seguía temiendo de él, ya no era el capitán que ultimé, era para mí un espectro que se había levantado de sus propias sombras para hallar el camino hacia la paz que en vida nunca concibió.

Fue una larga agonía ese viaje, había perdido tanto las energías que el menor esfuerzo me agotaba. Había mucha niebla cuando emprendí el camino, pensé en cruzar la brecha de entrada al pueblo sin ser vista. Caminaba sigilosa y tanto me acerqué a ellos que podía tocarles con mi mano, estaban borrachos, sentados sobre el pretil de un puente, alguien seguía rasgando tenazmente una guitarra, era una melodía tan abatida y lejana que parecía llegar de los confines de la tierra, me pregunté quién poseía energía suficiente para tocarla, de dónde provenía aquel sonido que sentía tan cerca y me seguía adonde quiera que iba, miré hacia todas partes, pero no vi a nadie con el instrumento.

No corría agua por debajo del puente de acceso al pueblo, estábamos en invierno y la sequía era otro de los impedimentos que debíamos soportar, encima del mismo había una columna de jinetes con gran estruendo de cascos y trompetas. Se preparaban para alguna acometida, no puede escuchar hacia dónde se dirigían.

Crucé arrastrándome sobre los pedruscos lisos del río para no ser vista, la oscuridad y las barandillas me protegieron. Luego tomé por un trillo entre los árboles por la senda contraria para esquivar a los jinetes, después de andar un largo trecho advertí que seguían un camino paralelo al mío, por lo que debía andar con cautela. Caminé sin darme tregua retrocediendo cada vez que nuestros caminos convergían, agachándome para que no adivinaran mi silueta en la oscuridad, temía pisar una rama seca y ser descubierta.

Al poco rato de andar ceñida por las tinieblas les vi tomar un atajo, juzgué que seguían el camino al Este, rumbo a las Vegas. Con gran fragor de yelmos, señales de beligerancia y repiquetear de cuernos se alejaron. Creí que el camino hasta el Collado sería más llevadero, pero me equivocaba. Las señales de la guerra se dejaban ver por todos lados. Aquel ejército, si seguía actuando así, convertiría al país en un desierto. Una vez que hube andando otro tanto entre la niebla, la cual poco a poco se fue disipando con el amanecer, comencé a advertir señales de vida.

Llegué hasta un socavón donde acostumbraba a encontrarme con los insurrectos, me senté a esperar, era miércoles, el día señalado, al poco rato llegó un jinete vestido de paisano, me propuso que me fuera con ellos hasta su campamento, pero me opuse, mi lugar estaba en el pueblo junto a los míos, allí podía ser más útil aunque las privaciones hicieran mella en mi cuerpo, a su vez me dio instrucciones precisas de cómo proceder y sobre cosas de las que correspondía estar al tanto, dijo también que mi labor de curandera era muy propicia para pasar inadvertida entre la gente del poblado, que olvidaran mi acusación de brujería e introducirme en sitios donde podía obtener informes valiosos.

Quedamos en volver a vernos en una semana. Decidí llegar en mi recorrido hasta el Collado en busca de mi hermana Nahyr.

Tomé un ancho terraplén, allí encontré grupos de forajidos entregados al saqueo, vagaban a merced de la suerte creyendo que lejos de los sitios de Reconcentración encontrarían otras maneras de subsistir. Me miraron levemente, y no reconociendo en mí señales de riqueza, siguieron en su tarea de desvalijar a los cadáveres de civiles y soldados. Parecían auras... rellenaban sus talegos con lo poco que sustraían.

Caminé evadiendo a los caídos, sintiendo el olor a muerte que se desprendía de ellos. Algunas mujeres se calentaban en exiguas fogatas mientras daban palmadas para espantar el frío. Seguí caminando con la garganta en carne viva por la sed y con ganas de gritar, pidiendo auxilio. Sentía el cuerpo destrozado, mientras marchaba envuelta en el mismo vestido que llevaba el día de la matanza. Pasé junto a hombres estacionados a la sombra de los árboles, inmóviles y rígidos por el miedo. Parecían estatuas ennegrecidas. El aullido de los perros salvajes nos seguía, ¿se alimentaban quizás de los cadáveres?, no quise averiguarlo y continué sin mirar atrás.

# XXIII

No tuve necesidad de llegar al Collado para encontrarle. El batallón de soldados portadores del famoso cañón, estaba acantonado en las afueras, las llamas habían abatido la poca vida que allí existió, fueron planes del ejército instalar su comandancia en el sitio. De mi casa no quedaban ni escombros, solo un hundimiento grandioso a causa de las explosiones. El tañido de la guitarra se escuchó de repente tan nítido que intuí que quien la tocaba debía estar cerca, miré a todos lados, pero no vi a nadie.

De repente, encontré a Octavio montado en su caballo fantasma, iluminado fugazmente por los relámpagos de las explosiones. El corazón me dio un vuelco. Se volvió mirándome con sus ojos de fuego, la humareda del combate ocultó por un momento mi visión del campo de batalla, y no le vi más, pero sentí sobre mi rostro el torbellino de su aliento. Me estremecí de miedo.

Bajó del caballo y, cargándome entre sus brazos, me colocó sobre la montura de aquel animal de espanto. Una sacudida tensó mi cuerpo, pero decidí tomarlo con calma, estaba lejos de la pólvora y el ruido de los cascos. Permanecimos un rato mirándonos en silencio.

—¿Si me ayudaste a morir por qué me sigues? ¿Por qué robaste mi cuerpo y me diste sepultura? —No supe qué responder, la inutilidad de mi sacrificio se hizo visible.

—Nunca amaré a nadie como a ti —dije en un arranque de vehemencia.

—Estoy muerto. Soluna, tú perteneces al mundo de los vivos, al bando de los insurrectos, a la partida de los que luchan por su libertad, y yo no soy más que un simple Capitán que aún fallecido quiere seguir peleando.

—Este amor duele, Octavio, no podrías entenderlo —le dije bajando la cabeza—, es un amor enquistado en su propia raíz, un amor que reniega de toda esperanza… un amor imposible. Este amor duele, vivir duele, duele crecer, ver partir a los otros… pero, tu amor es presente y lastima como una llaga putrefacta que congela hasta la respiración, hiere mirar a tus ojos y descubrir frialdad, resentimiento… eres alguien que esparce dolor por donde pasa, hay gentes así, a dondequiera que van solo esparcen desconsuelo y amargura. Me pregunto por qué me engaño buscando pretextos para llegar hasta ti, por qué me acuesto con tu recuerdo y me levanto con la esperanza de ver aparecer tu fantasma.

Fue entonces que tomó mi cabeza entre sus manos y me besó en la boca. Un beso ardiente que me enalteció por entero. Me aferré a su cuerpo, él me desvistió lentamente, me tomó entre sus brazos y depositó mi cuerpo levemente sobre la arenisca que nos rodeaba y allí hicimos el amor como dos adolescentes.

Debo de haber quedado dormida luego que él vertió sus espermas dentro de mí, porque, al despertar, era mediodía, y él no se veía por parte alguna. Creí que aquello había sido un sueño, pero mis ropas estaban embadurnadas con sus fluidos, mi vientre también destilaba un hilillo de sangre que empapaba la arena que me envolvía, eran los vestigios de mi virginidad perdida.

Sentí desconsuelo y un peso terrible sobre mi razón. Yo amaba la vida más que todo, y no podía entender por qué me había enamorado de un soldado muerto.

Me había criado en una familia sencilla lejos de toda violencia, jamás había conocido la pobreza, ni el hambre, ni la discriminación. Hasta ese momento no me había dado cuenta de la capacidad del hombre para la barbarie. Tuve sentimientos encontrados de odio y amor. ¿Qué hacía allí tirada sobre el fango luego de ser desvirgada por un criminal?

Me puse en pie y le distinguí cabalgando raudo por la llanura para proseguir con su cruzada contra la mala estrella. Entonces el viento arrancó jirones de humo abriendo algunos claros en la humareda, y todos los soldados fantasmas que le seguían, volvieron la vista hacia mí y, al unísono, exhalaron un suspiro.

Como obedeciendo a una señal, se detuvieron para mirarme con misericordia, bajo los remolinos de humo. En filas compactas empuñaban sus espadas, gritando consignas, haciendo caso omiso al cañón y al diluvio de fuego que levantaba surtidores de tierra y hierro a su alrededor. El sonido de la guitarra se fue tras Octavio.

Decidí abandonar el valle marchando a través de los rastrojos de un cañaveral sembrado de cadáveres. Aunque mi pecho ardía de cólera y malestar, proseguí imperturbable en mi avance solitario por la vida. Nunca sería dichosa en el amor, era un mal que había heredado de las mujeres de mi familia y que seguía trasmitiéndose de generación en generación.

# XXIV

Nahyr había salido a cabalgar entre los trillos abiertos por entre los cañaverales, era su manera de estar a solas con sus espejismos y la dejé ir confiando que nada dificultoso le acaecería, estábamos muy lejos de imaginar que ese día cambiaría su destino, hasta ese momento era solo una muchacha irreverente empeñada en cumplir los ensueños de su quimera, buscaba algo que nadie sabía, huía de algo que ni siquiera ella imaginaba. Era así a sus diecisiete años, callada y evasiva, sin atender jamás a los cortejos de los campesinos que poblaban el valle, ni a las amonestaciones de nuestra madre.

Su afán en contra de la esclavitud y las protestas contra las injusticias consumadas en contra de los negros en los sembradíos, atrajo sobre ella la malquerencia de los colonos de la zona, a pesar de poseer algunos aspirantes a desposarla. Debido quizás a la autoridad de su pensamiento y sus expresiones contrarias al orden de cosas en que nos desenvolvíamos, ninguna familia aristocrática quería sellar compromiso de casamiento con aquella muchacha extraña que, en vez de ocupar sus días en revistillas de moda y bazares, llenaba sus conversaciones diarias con lo útil de los conocimientos, la necesidad de obtener un trato justo para los asalariados y el tema de los abusos contra los esclavos de las plantaciones.

Nunca ambicionó ver su vida controlada por un esposo. No quería parecerse a las damas bien casadas del pueblo, sometidas a los altibajos del carácter despótico de sus maridos, los cuales trataban los asuntos de la casa con el mismo caciquismo que administraban sus haciendas.

En contra de las reprimendas de nuestro padre, cada amanecer se cubría con unos pantalones, unas botas altas, y de un coraje a prueba de insultos. Sola y a caballo recorría el valle visitando algunas haciendas para obtener de los mayorales el perdón a los castigos de los esclavos, librándoles muchas veces del cepo y del suplicio.

Esa tarde de junio ardía un sol mortecino, salió a cabalgar por los trillos abiertos entre los cañaverales, crudos nubarrones enturbiaban los cielos de su mirada. Un trueno irrumpió en el horizonte causándole un escalofrío, estaba lejos del Collado y buscó refugio en un socavón para guarecerse de la tormenta que se avecinaba.

No sintió miedo cuando un viento fuerte comenzó a soplar desde lontananza y escuchó el rugido de algunos disparos, estaba preparada desde hacía tiempo para los avatares de aquella guerra; de todas formas, se refugió al abrigo de la cueva. Amarrando su caballo que palidecía en un cedro, se persignó.

Sentada sobre una piedra, resignada por la espera, vio aparecer una figura a la entrada, era un hombre portando un arcabuz, la sombra que proyectó el cuerpo en su acceso la

101

cegó por unos instantes. No supo definir si se trataba de un insurrecto o un militar español. Intentó escabullirse, allí cerca conocía un depósito abierto en la roca que en tiempos de seca podía ser un perfecto refugio, permanecía siempre cubierto por una piedra lisa.

El hombre se acercó, iba vestido con unos pantalones de lienzo y una camisola de la misma tela, llevaba cruzada sobre el pecho una correa de donde sujetaba un arma de fuego, y, al ver a Nahyr, con voz apenas audible, dijo:

—No grites, por favor, vengo desde las filas mambisas esquivando a los españoles, llevo conmigo un mensaje trascendente para las bandas cubanas.

Allá afuera se escuchó un sonido de cascos.

—Ven —dijo Nahyr.

Rodó la piedra tapadera, le hizo penetrar, y se sentó sobre ella. ¿Quién era aquel hombre que jamás vio? No le importó que el mando español advirtiera a todos los pobladores, que se cuidaran de los insurrectos que operaban en la zona, pues muchos atracadores que solo buscaban el beneficio propio se hacían pasar por ellos. Sabía además que la ayuda a cualquier insurrecto podía significar meses de cárcel, la deportación y la confiscación de los pocos bienes que aún quedaban.

Al fin la hueste que le perseguía se dejó ver. El oficial que venía al mando del grupo le era conocido, siempre que se lo encontraba en el pueblo la trataba con cierta gentileza, preguntó si había visto a un hombre cruzar por allí. Sin titubeos dijo que le vio cruzar rumbo a las salvaderas que marcan el límite hacia los cenagales del sur.

—¿Estás segura? —Hizo un gesto de contrariedad mirando todos los escondrijos de la cueva, luego indicó—: Tenemos la tormenta encima, mejor regresamos. Vamos, Nahyr, te protegeré hasta la entrada del Collado.

No tuvo más remedio que seguir la comitiva dejando al hombre abandonado a su suerte pues el aljibe solo podía abrirse desde el exterior. Un rayo se precipitó sobre una palma y un aguacero torrencial los envolvió.

El remordimiento no la dejó dormir, la cueva poseía un manantial que proveía el aljibe, en tiempos de lluvia el agua tomaba cierto nivel y el hombre podría morir ahogado. A pesar del mal tiempo, se levantó al amanecer y encaminó sus pasos hacia las cuevas. Corriendo irrumpió, y con gran esfuerzo rodó la losa. El hombre estaba aterrillado de frío y hambre, su corazón apenas palpitaba, con débil soplo dijo:

—¿Cómo pudiste dejarme aquí encerrado?

Nahyr no respondió, pero le socorrió para que se levantara y luego lo envolvió con sus brazos, calentándolo contra su cuerpo. Le entregó los alimentos que trajo desde el Collado. El hombre, repuesto de su frialdad, la besó y le dijo:

—Te debo la vida, me casaré contigo cuando acabe esta guerra, mi nombre es…

—Calla —expresó cubriendo con sus manos los labios del hombre—, no hagas de este trance un suceso común, tómame ahora y vete después, para que ronde entre nosotros el misterio más profundo, así te recordaré siempre, como un prodigio de las emanaciones de esta cueva.

—Mujer, si no vuelvo nadie querrá desposarte así.

—Ambiciono que quien lo logre, tenga que pagar ese precio como prueba de su afecto.

Se desvistió y se entregó a la pasión más urgente con aquel insurrecto que apenas conocía.

—Vete, hombre, y lleva tu encargo, cuando acabe la guerra si aún me necesitas… te estaré esperando.

# XXV

El cuerpo ensangrentado del amante de Nahyr, lo traje-
ron al mes unos soldados de la tropa acartonada en el
Collado, lo habían echado sobre la montura desgastada de
un potrillo. Su cabeza colgaba flácida dejando ver unos cabellos rubicundos teñidos de sangre y los ojos aferrados a
un lugar impreciso. Los oficiales, como escarmiento, lo de-
gollaron enfrente de todos y colocaron su cabeza en lo alto
de un atril, para que todos vieran el modo en que trataban a
sus enemigos.

Nahyr lloró frente al áspero madero donde lo colgaron y, a
la vista de los guardias armados que custodiaban al muerto,
se arrodilló y le lanzó algunos rezos, luego se puso en pie
injuriando a los caballeros sinvergüenzas del pueblo. Gritó
que el muerto le pertenecía, aunque no supiera su nombre,
pues llevaba un fruto de él en las entrañas, y pidió ayuda
para llevarse el cuerpo, cosa que le impidieron apuntándole
con los fusiles.

Con ayuda de algunas vecinas logramos arrastrarla hasta nuestra casa en medio de las más ásperas maldiciones contra los
oficiales del ejército. En casa pasó inconsciente más de una

semana, al cabo se levantó y anunció que estaba realmente encinta de aquel hombre, del cual no sabía ni el nombre, y no acudiría a paliativos para abortar ese fruto desdichado que florecía en su barriga. Ya para ese entonces habían bajado la cabeza del insurrecto y llevado sus despojos a enterrar en una fosa común. Solo pudimos averiguar que era nativo de la Villa de San Julián de los Güines y era conocido como *El Inglesito*.

A los nueves meses exactos tuvo un hijo que llamó Lorenzo. Nadie supo el nombre del mortal al que obsequió su virtud. Las comadres en su labor de hormiguitas se consagraron en lo adelante como entretenimiento contra el ocio, a propiciar la malquerencia de los vecinos del pueblo por mi hermana, haciendo con ello la vida espinosa para Nahyr.

# XXVI

Entre los cenagales del sur existía una montería de indios, refugio de una tribu de hombres silvestres, vivían en estado primitivo y ningún caminante de los alrededores se aventuraba a pasar por allí ante el temor de ser tragado por las tembladeras. Descendientes de los primitivos habitantes de la Isla, eran todos de bajo porte, exiguos, de cabeza pequeña y proporcionada, poseían las narices anchas y el pelo muy lacio, el cual llevaban cortado al nivel de los hombros, el color de sus pieles era castaño oscuro con tonalidades rojizas. Algunas gentes los menospreciaban.

Iban siempre vestidos con ropa de cáñamo que ellos mismos tejían, se abastecían de todo lo necesario para vivir escudriñando en los montes cercanos, sitios donde nadie se arriesgaba a entrar, no por recelo de ellos, ya que eran pacíficos y afables, prestos a socorrer a cualquier caminante que errase su paso tras los cenagales, sino por la experiencia de decenas de caminantes tragados por esas tierras movedizas, quien las penetraba jamás regresaba con vida. Solo ellos conocían la forma de evadirlos y llegar a su distante aldea.

Educaban a los pequeños con la experiencia de los mayores. Tenían una líder natural, Mariandá Garré, descendiente de Matria Nava que habitó en las aldeas orientales y fue la primera mujer en Cuba que practicó la medicina. Llegó a ser tan reconocida su fama como curandera y poseedora de los secretos más intrínsecos, de los sortilegios de las plantas, que era muy consultada por los médicos de la época, y se le concedió licencia por las jurisdicciones españolas para profesar sus dotes en los dispensarios oficiales. Matria instruyó a sus hijas en el oficio y trató con los males del cuerpo. Mariandá vivía junto a esta tribu de indios en dicha montería; los pobladores de San Nicolás acostumbraban a llamar al sitio Babiney Prieto, que en la lengua de indios quiere decir cenagal. Los españoles no pudieron aplicar los tres bandos de Reconcentración a este pueblo, pues vivían desterrados de la civilización, protegidos por las tembladeras.

Al fin conocí, luego de una búsqueda por todos los sitios despoblados, que mi hermana Nahyr, sin despedirse de mí, en vez de marchar con nosotros a reconcentrarse al pueblo y, hastiada de los chismes de las comadres, enfiló los pasos a Babiney; creí que moriría en el intento, pero no me opuse, conocía bien de los infiernos renovados en que habían envuelto las chismosas del pueblo a mi hermana.

# XXVII

Eran los finales de noviembre, regresaba sola al pueblo en medio de cadáveres y miseria luego de haberme entregado a un Capitán muerto. Con ánimo pesaroso caminaba, sin fuerzas para andar, asediada por una nube de insectos que se empeñaban en molestar mi cuerpo maltrecho.

Había andado cerca de tres millas cuando sentí un caballo salvaje que se acercaba. Se aproximó a mí peligrosamente y pude ver desde mi insignificancia la imagen de un jinete alto, de semblante indio y pecho anchuroso. Iba vestido con un pantalón escueto y el torso lo llevaba desnudo, destacaba por su constitución grandiosa.

Preguntó si era yo Soluna la encantadora, le dije que sí. Acto seguido dio un salto, bajó a tierra; dijo llamarse Guá Guá Montero, hijo de Mariandá, traía un encargo de mi hermana Nahyr: esta había logrado, como ya sabía, llegar hasta la montería y encontrar seguridad al auxilio de aquella tribu de hombres silvestres. Traía un talego con provisiones y un vestuario para mí hecho de fibras naturales.

Dijo además que Nahyr no volvería jamás a la civilización, ni a la vida de los hombres educados, que tan mal le habían tratado, y contraería nupcias con él no más naciera su segundo hijo, las parteras habían pronosticado la llegada del niño dentro de dos lunas.

Él vendría cada semana a traer noticias de mi hermana proveyéndome de algunas vituallas, me invitó ir con él, me negué deduciendo que con seguridad, residiría con bienestar entre ellos mientras mis compañeros de martirio sufrían hambre y escasez, y me remordería la conciencia privarlos de mis cuidados, afirmé que algún día iría a visitarle, pero que encomiendas dolorosas me mantenían junto a los reconcentrados.

Guá Guá me miró con sus ojos montaraces preguntando qué encomienda era esa que me hacía tan infeliz y me mantenía con aquel aspecto miserable, no supe qué contestar, por lo que bajé la cabeza y le pedí que continuara camino, en ese mismo lugar lo esperaría justo a la semana, y así fue, volvió puntual cada semana para abastecernos de alimentos y plantas medicinales enviadas por Mariandá con fidelidad y clemencia.

# XXVIII

Volví en silencio al refugio. Al llegar vi una multitud de personas con sus bártulos haciendo cola en una improvisada caseta para recibir un cucharón de sopa y un mendrugo de pan. A plena vista parecía que la ración no alcanzaría para todos, era una olla mediada y pasábamos de setenta. Me acerqué, pues el estómago me ardía por el hambre y a ratos sentía vahídos que me hacían desplomarme. Era un caldo hirviente al que le habían añadido unos nabos y dos pescados, algunas gotas de grasa bailoteaban en la superficie.

Cuando pude tomar mi cuota de aquello, el estómago agradecido provocó en mi cuerpo una soñolencia desconocida. Era debilidad, en pocos días había enflaquecido visiblemente. Los últimos en llegar no alcanzaron su ración de caldo y, aferrados a las espinas del pez, que era lo último que restaba en la cazuela, trataron de desbaratarlas entre los dientes.

Al atardecer supe cuál era la misión de los soldados que vi trasponer el puente camino a las vegas, traían más reconcentrados, les vi llegar en peor estado que nosotros, la larga caminata los había extenuado, algunos venían consumidos por

la fiebre o hinchados por las infecciones, esqueléticos e idio-
tizados por los horrores que habían visto, nos dijeron que los
separaron del resto de los pobladores de las vegas porque una
epidemia de paludismo diezmaba a los habitantes del sitio.

Al atardecer, junto a algunos de los soldados que desertaron
del ejército y que se hacían pasar entre la soldadesca española como simples lugareños y que nos seguían a todas partes, nos sentamos a conversar, y nos dieron detalles sobre lo
que sucedía más allá de nuestros contornos, detalles que el
gobierno peninsular guardaba en secreto.

—Estamos acabados —dijo uno de los soldados con pesimismo—, nada de lo que esperamos encontrar al salir de España
lo hemos podido cumplir en la Isla, antes de venir nos instru-
yeron en las técnicas de beligerancia más actualizadas por los
generales europeos. El mismísimo general Weyler está considerado uno de los mejores tácticos militares de la historia de
España. Por todos los soldados es sabido que sus pensamientos en cuanto a las maniobras en el campo de batalla le sitúan
como un gran táctico. pero de nada le sirven sus sapiencias,
esta guerra está perdida desde sus inicios.

El soldado mordisqueó unas yerbas, miró hacia los pobres
infelices que nos rodeaban tratando de descifrar sus palabras, y continuó:

—Esto que aquí veis, no es la primera vez que sucede, la
concentración de poblaciones en lugares determinados, las
trochas y otras innovaciones, fueron aplicadas en la Guerra
de Secesión en Estados Unidos, y fueron copiadas y segui-
das en otros conflictos de Europa con buenos resultados.
Pero, en América, y especialmente en Cuba, no hay terrenos idóneos para conflagraciones bélicas de envergadura, al

caminar en buena lid los campos para luego aplicar sus estratagemas solo encuentran los generales ganado, cultivos, y lo restante es tierra virgen repleta de marabúes y cardos.

—Por otra parte —intervino otro—, los mambises no conocen de tácticas, ni las aceptan, tampoco poseen armamentos para estos choques, y ante la superioridad del ejército español, pues han llegado ya miles de hombres bien equipados y alimentados, cuando los españoles están dispuestos y deseosos de combatir no encuentran al enemigo, por más que lo busquen entre la maleza, no presentan batalla, pelean solo cuando ellos lo deciden. A veces hemos andado semanas enteras en posición de embate, haciendo sonar los clarines, y no hemos descubierto ni un solo mambí, teniendo que volver acalorados, picados por los insectos y calamitosos. Los insurrectos viven refugiados en un terreno carente de carreteras, ferrocarriles ni población, emboscados permanecen en una manigua impenetrable que solo ellos conocen, con un calor infernal, pues son capaces de sobrevivir en condiciones míseras, mientras nosotros, desconocedores del terreno por donde caminamos, casi siempre andamos errabundos y como atontados entre los matorrales. Es así que cuando estamos más descuidados, muertos de hambre o jadeantes de buscarles inútilmente, y nos batimos en retirada, se nos echa encima todo un batallón de guerreros sin tácticas ni preciadas armas, pero con una potencia excesiva… luchan como Hércules, no sabemos de qué se alimentan para poder combatir de esa forma. Nosotros, muchas veces acabados por las plagas, nos vemos derrotados sin que encontremos solución a este problema. La guerra no terminará en tales condiciones, este clima es mortífero. Y los mambises son indomables y fieros a la hora de defender sus ideales.

No tuve más remedio que reír, por lo que me miraron pasmados.

—¿Qué esperan ustedes? ¿Que, sin armas y sin saberes militares, se plieguen a sus demandas? ¿Ustedes, que se creen dueños de algo que no les pertenece, esperan que les muestren sus cuerpos desguarnecidos cuando el enemigo llega brioso y en superioridad?

Me levanté del suelo y me fui a otra parte, dudosa de que aquellos soldados depuestos en el Collado con mi astucia de hechicera falsa, nos fueran fieles en lo profundo, debíamos tener cuidado, y no contarles nuestros más gravosos pensamientos. Al fin y al cabo eran españoles que vinieron a guerrear para recibir una buena paga al licenciarse y por ello luchaban.

# XXIX

El cura del pueblo había acudido a recibir a los reconcentrados que seguían llegando y al comprender que dentro
de la nave no cabía un alma más, decidió otorgar parte de
su recinto cristiano para dar abrigo a una mínima parte de
los desdichados.

Muchos hombres y mujeres dormían en los portales de las
casas de familia de los alrededores, pero debían despertar
al amanecer y salir raudos, pues les azuzaban los perros,
temerosos sus dueños del contagio con los padecimientos
que portaban. El único médico del pueblo, recién arribado,
comenzó a prestar servicios gratuitamente, pero las medicinas eran escasas y dentro del improvisado hospital que esta-
bleció en el porche de su vivienda solo podía dar asistencia
a una veintena de niños.

El panorama de los pueblos donde se aglomeraban los
reconcentrados, producía en el corazón una sensación de
amargura, todo el espacio disponible permanecía repleto de
trastos viejos, camastros que hedían a sudor mezclado con
orinas y excrementos. Los reconcentrados iban cubiertos
con indecentes harapos, ya que el ayuntamiento del pueblo

no tenía recursos para vestirles, vivían en medio del más sórdido hacinamiento.

Las mujeres echaban de menos la compañía de sus esposos que peleaban con las tropas mambisas o se lanzaban por las calles en la búsqueda de algún rastro de comida. En los alrededores de las fondas y los bares bullía constantemente un enjambre de hambrientos en espera de los desperdicios que arrojara algún cliente.

Se veían familias completas en la más imperiosa calamidad, eran campesinos laboriosos y honestos que vivieron muchos años del fruto de sus siembras y satisfechos con los productos obtenidos de su trabajo, ahora asumían las miradas perdidas de los condenados. Pululaban demacradas señoras llevando en brazos a criaturas escuálidas, niñas de trece y catorce años carcomidas por la miseria y vendiendo sus cuerpos por un mendrugo, chiquillos con las costillas salientes como aros de barril, andaban de un lado al otro, tendiendo la mano cadavérica en actitud de socorro.

Sus miradas eran tristes, poseían la desolación de quien se entrega al desatino hastiado de luchar, ya no esperaban nada, no tenían nada y se daban por satisfechos si en veinticuatro horas conseguían un retazo de pan. Muchos se habían visto en la necesidad de comer cadáveres de animales muertos encontrados en las cunetas.

Nos íbamos consumiendo lentamente. ¿Cuánto más podría durar aquello?

Allí permanecí ejecutando sanaciones por más de un mes y ofreciendo un poco de ayuda a aquellas gentes, salíamos al amanecer a recoger frutas secas, algunas yerbas bienolientes y bledo para confeccionar caldos que cocinábamos encima de dos piedras. Y, al no poseer carbón, utilizábamos ramas de árboles y hasta vainas de framboyán. A veces miraba las ramas de los árboles que nos daban sombra y sentía unas ganas enormes de que aquellos cogollos pudieran servirnos de alimento.

No había quedado un solo animal en pie, perros, gatos, y hasta reptiles habían servido de sustento a la población hambrienta. Odiaba la vida que vivíamos allí, sin embargo, era San Nicolás de Bari un pueblo ideal, no existían magnas edificaciones ni obras de utilidad arquitectónica, pero un aire benéfico clareaba la sordidez del territorio.

# XXX

El área del pueblo forma parte de los fértiles campos de la franja sur de la provincia de La Habana. Desde lejos, las montañas que circundan el valle semejan una ondulante cortina gris que se esfuma entre las nubes y la distancia. En la mañana, una espesa niebla se escurre mansamente llenando el valle de misterio; al mediodía se disipa, y es cuando aparece la tierra en todo su esplendor, vestida de verde y oro, con suaves aromas esparcidos aquí y allá.

Era, antes de ser ocupado por el hombre, un bosque espeso de maderos preciosos. Poco a poco el terreno se fue llenando de vegas de tabaco, un cultivo que no tardó en desaparecer, pues fue suplantado por los trapiches estrujadores de caña.

A fines del pasado siglo un emprendedor criollo, don Nicolás Calvo de la Puerta, propietario de vastos terrenos, acostumbraba recorrer sus tierras ideando el modo de incrementar la población del valle a través de una economía de bienes que diera sustento a sus habitantes, pues ya los cultivos heredados de los indios eran insuficientes. Decidió entonces traer un especialista francés para la introducción del cultivo de la caña de azúcar. Julián Lardiere, seducido por la belleza natural de esta tierra, no aguardó al final del viaje para expresar su sentencia. Enardecido, se arrojó de la volanta en que viajaba y exclamó satisfecho:

—¡Esta es la tierra, este es el sitio donde todo lo ha reunido la naturaleza para sembrar caña y fabricar azúcar!

Se afirma que Nicolás Calvo, soñaba ver los terrenos del sur de La Habana felizmente provechosos, poblados de cañaverales, preparados al regadío, y a cada corto trecho un trapiche, cubierto el territorio con trescientos ingenios, según sus propios cálculos.

Luego de estas especulaciones, hace la proposición definitiva a la Capitanía General de la Isla: que los vegueros vendan a los dueños de los Ingenios y abandonen el Valle. Que se dirijan a otras tierras que proporcione el Rey, y así se logrará la felicidad de los labradores, el repoblamiento de la Isla y el aumento de la Real Hacienda. De más está decir que fue su entusiasmo lo que logró introducir de manera tan pródiga el cultivo de la caña en estos territorios, por lo que las vegas de tabaco fueron desplazadas a la región norte. Fue así que construyó los ingenios Holanda y La Ninfa, este último en honor a una huérfana y bella muchacha que conoció en sus andanzas por el valle.

Esta joven pertenecía a una familia de pobres labriegos que se dedicaban al corte de caña y al cultivo de árboles frutales en sus tierras. Vivía sola con sus dos hermanos y acostumbraba trasladarse en las mañanas a un manantial en busca de agua fresca. Allí la encontró el emprendedor Nicolás, quien, sin importar fortuna o heredad, en poco tiempo se casó con ella.

Nicolás no era solo hombre de negocios, era sin lugar a dudas una de las mentes más brillantes del sitio, dibujaba, pintaba, tañía el clave, sabía latín, griego, italiano, inglés y francés, se especializaba en matemática y siempre en su casa se le veía estudiando la cámara oscura, la máquina eléctrica, la máquina neumática, esferas celestes y terrestres. Poseía un magnifico laboratorio de química, una preciosa colección de botánica, un telescopio y otros múltiples instrumentos realmente extraordinarios.

Pero no todo fue contento para el laborioso Don Nicolás. Su joven esposa, no acostumbrada a la vida de la capital donde instalaron su casa, moría de tristeza por volver al valle que la vio nacer. De carácter sencillo y amante de la naturaleza, extrañaba la vida afable de su tierra y enfermó de tuberculosis. Hasta que Don Nicolás, apiadado por el estado de su mujer, decidió traerla de vuelta.

A pesar de estar las mieses de la caña en flor con sus espigas de gala ondeando al viento, y que el ingenio La Ninfa movía incesante sus máquinas, el abandono y la miseria cernía sus fuertes garras sobre la tierra. De los cientos y tantos de trapiches que vio a su marcha, diseminados por el valle, solo quedaba uno moliendo precariamente, La Teresa. Las anteriores carretas repletas de caña emprendían su trabajosa marcha portando cadáveres, y las antes florecidas guardarrayas estaban caladas de polvo y miseria.

Ya no permanecían los aromales florecidos para ella. A pesar de los cuidados de Nicolás, murió a las pocas semanas de su llegada. Dicen que jamás el matrimonio llegó a consumarse. Nicolás, lleno de tristeza, erigió una ermita que consagró a San Nicolás de Bari por haber nacido el mismo día que se celebra la fiesta de este Santo, y la enterró bajo las losas de esta ermita.

Desde entonces, las jóvenes doncellas y los niños al amparo de la ermita hacen sus promesas y muchos peregrinos llegan a la ciudad en la primavera para pagar sus ofrecimientos a la diosa caída que dormita bajo la ermita. Al paso de los años fue convertida en una iglesia mayor de líneas arquitectónicas breves, mas las inclemencias del tiempo y los ciclones tropicales han cebado su furia sobre ella, derribando en múltiples ocasiones sus muros. No obstante, con la misma devoción con que fue erigida, vuelven a levantarle.

Antes de morir, sus dos hermanos, que no dejaron descendencia, donaron sus tierras para ampliar el poblado. Desde entonces, aquella suave sabana que en los meses de lluvia es recorrida por una impetuosa cañada, ha sido refugio y hogar para toda la gente necesitada que llega al pueblo, allí las casas son más pobres, en su mayoría cabañas de guano y tablas de palma.

# XXXI

Salía a caminar algunos atardeceres para disipar la angustia, en poco tiempo creí estar al tanto de todo lo que concernía a la gente del pueblo. Así, llegué un día a la famosa Ermita devenida en Iglesia parroquial y me detuve un rato afuera.

El párroco quiso conocerme. Cuando al fin pude verle, pues enterada hasta el dedillo de su vida nunca me encontré con él, le vi sentado junto a una ventana que permanecía cerrada, era muy pálido, jamás lo encontré a la luz del día, pues jamás salía de aquellos aposentos. Junto a uno de sus brazos ardían dos velas casi derretidas que proyectaban una enfermiza luz ambarina.

Me senté y estuvimos conversando toda la tarde. Tenía un alma medieval, prefería los manuscritos iluminados firmados por los desaparecidos monjes copistas a los libros impresos, la biblia en latín a la española, y las gárgolas de piedra a los nuevos ingenios y artificios que comenzaban a aparecer traídos de Europa.

Le horrorizaba mezclarse con la multitud de hambrientos que pululaban en las calles del pueblo, prefería la ayuda de ciertos aristócratas antes que las beatas humildes que frecuentaban la sede, no aceptaba ninguna orden monjil cerca de él, decía que estas nuevas cofradías de mujeres eran inventos del demonio para tentar a los sacerdotes puros como él.

—He llegado a la conclusión de que los antiguos alquimistas tenían razón en un setenta y cinco por ciento, y los médicos o sofistas actuales están equivocados en un noventa por ciento.

—Se está un poco en broma la ciencia de hoy —repuse.

—-No —contestó—. Siempre he sido cauteloso... un vencedor de la extravagancia y las causas perdidas. No te extrañe, pues, que haya decidido repudiar las máximas de los pensadores modernos... en conclusión, no pienso desaprovechar la oportunidad de incrementar mis conocimientos —lo dijo señalando varios montones de manojos amarillentos apoyados en las paredes—, y en repartir auxilios, por eso te he mandado a entrar.

# XXXII

Su nombre era Segismundo, creció en la hondura de una familia aristocrática, sus hermanos mayores se destacaron siempre por las buenas notas alcanzadas en sus estudios o en las instrucciones y estratagemas de guerra que impartían los oficiales del regimiento enclavado en el pueblo a los hijos de las familias acaudaladas, muchachos que con posterioridad enviaban sus familias a la capital para que alcanzaran buenos puestos en el mando del gobierno peninsular; en cambio, Segismundo, el menor, jamás pudo acudir, de tan enfermizo que era, hasta las mujeres podían abatirlo con solo propinarle una cachetada, tampoco sirvió para los ejercicios a los que se acostumbra a los varones.

Pegado a las faldas de su madre creció, escuchándole pronunciar sus retahílas de ruegos a los apóstoles para que mejoraran la salud de su hijo preferido, también encaminadas en encauzar la vida de todas las almas en pena del poblado, solo se deslizaba en las tardes a la biblioteca de su padre para estudiar libros que nadie había leído jamás, pues su padre los había encomendado por metros y como ornamentos para rellenar los estantes.

Aprendía historia o asimilaba de memoria poemas bucólicos o pastoriles; a pesar de ello, su pasatiempo favorito era irse a la hora de la ablución a curiosear a las mujeres ejecutando sus aseos. Esta era su más amada distracción, asistir en calidad de espectro callado al baño vespertino de las mujeres de la casa que eran seis sin contar a su madre, que jamás se fregó junto a las otras damas, pues lo hacía en su habitación privada y sin despojarse de las ropas. Doña Inés de ningún modo fue vista desarropada ni por su hijo, ni por su marido, ni siquiera por el médico de cabecera, aunque Segismundo jamás la espiaría, pues sentía por ella un amor cumplido.

Espiar a sus hermanas, a sus primas y a las criadas cuando se bañaban no era para él o sus parientas perversidad alguna, lo hacía solamente por curiosidad, por recrear sus ojos con la perfección de los cuerpos femeninos, y su madre jamás consideró esto pecado. Las mujeres en su totalidad, siempre le vieron como un esperpento afeminado y sumiso que solo buscaba seguridad entre ellas. Pero, en las noches, se desahogaba enfebrecido, recordando las redondeces de sus hermanas y sus primas. Sus hermanos ocupados en ejercicios de guerra llegaban extenuados y se echaban a dormir como cadáveres, mientras él disfrutaba las excelencias de la fornicación a solas.

Creció bajo el amparo de los tilos y los remedios que tomaba su madre para los dolores que la aquejaron de por vida, su padre a fuerza de golpizas jamás pudo apartarlo de las mujeres, a las que de ningún modo quiso imitar, solo aprovecharse de sus balanceos sensuales que luego idealizaba en la profundidad de la noche. Aun cuando le creció un bigotico escaso y ya su cuerpo anunciaba un desarrollo jamás codiciado, sus músculos no alcanzaron para llenar las guayaberas del verano ni los atavíos de invierno, era flaco y desgarbado, su cara morena y angulosa le hacía desagradable a la vista.

Sus trasiegos nocturnos jamás lograron saciarlo, por ello tuvo amores furtivos con las criaditas de las casas de los alrededores. Todas sus amantes fueron morenas, sentía una antipatía innata por las mujeres finas y nacaradas que frecuentaban sus hermanos, por lo que en la vida se detuvo a conversar con las muchachas que su padre quiso ajustarle en matrimonio, chicas de buena categoría y linaje, ni se interesó por recitar sus poemas a alguna de las damas que frecuentaban la casa, sentía por ellas un desprecio enorme.

Todas las madrugadas se iba a fornicar a las porquerizas del fondo de la hacienda como toro embravecido, con esclavas, pardas y morenas de las cercanías. Las chicas acudían sin que nadie les llamara, y hasta se peleaban por él, fueron sus arrumacos los más fogosos que recibieron en vida.

Hasta que un día su padre, aduciendo que no era bueno para nada, al compararle con sus hermanos graduados con los mayores honores en las academias militares, y viendo a sus hermanas comprometidas convenientemente con lo mejor de la hidalguía caribeña, decidió asignarle la profesión de clérigo. Ya se ocuparían los sacerdotes peninsulares de borrar de su cabeza, a fuerza de ayunos y escarmientos, ese insano vicio de fornicar como un verraco.

Cuando a los veinticinco años volvió del seminario a donde le enviaron, nada había cambiado, solo que no frecuentó más los lavados de las mujeres ni rondó a las morenas de los alrededores, trató de acallar sus inclinaciones libidinosas y se volvió un mancebo taciturno y prudente. Nadie pudo jamás sospechar de qué manera acallaba su potencia sexual desmedida.

Fue asignado a la capilla del pueblo dedicada a san Nicolás de Bari y allí pasó los años de juventud que le quedaban, respetando las plegarias y las confesiones tontas de las mismas muchachas que antes desdeñó, convertidas en respetables mujeres casadas; cuando dirigía el rosario desde el púlpito evocaba a su madre fallecida: censurando a los bandidos del pueblo, hombres respetables y adinerados que se dedicaban al tráfico de esclavos y envueltos en ocultas operaciones de contrabando, e impartiendo perdones a cristianos, a herejes y apóstatas en las celebraciones cristianas.

Quizás por ello nadie vio malas intenciones en él, cuando un día, con la herencia que le tocó en suerte al fallecimiento de su padre, adquirió una propiedad campestre en las afueras del pueblo y la llamó El Purgatorio. En secreto llevó a su mucama más fiel, aquella que le acompañó a todas partes, una morena de carnes profundas y rostro lozano que se confinó dentro de aquellas soledades tan solo para seguirle amando.

Decían las malas lenguas que era su amante desde que eran jóvenes y con ella tuvo una docena de niños morenos muy parecidos a él, pero inscritos con los apellidos de la madre. Al princnipio nadie en el pueblo mencionaba este hecho, pero sus horas más felices las pasaba al lado de aquella morena llamada Nicolasa, la que un buen día se hizo propietaria de un ingenio que él mismo le hizo construir, pues los diezmos de la iglesia no alcanzaban para llenar la barriga a su extensa prole. Su ingenio creció y los esclavos comprados hicieron prosperar El Purgatorio.

Allí vivieron sus doce hijos hasta que crecieron y enfilaron sus pasos a la vida, para nadie era un secreto que de lunes a jueves pasaba allí sus días, volvía los viernes muy temprano para el oficio de las misas cristianas y la asistencia de los rezos de las beatas del pueblo. Quién lo iba a decir. El padre Segismundo llevaba, a la vista de todos los moradores del pueblo, una doble vida.

Segismundo, feroz antiesclavista, por siempre rehusando los ideales burgueses en los que creció y se formó, hubo de enfrentar un enorme escollo a la hora de bautizar a los hijos, pues hasta él mismo se oponía a legalizar en su Iglesia a los nacidos en matrimonio célibe, por lo que sus nueve retoños fueron inscritos como esclavos suyos, llevando sus dos apellidos, Jiménez de Gonzaga.

Como jamás serían admitidos en las escuelas cristianas del pueblo, proveyó a cada cual de un buen oficio para que se ganaran la vida decentemente, pero alcanzados por los ideales burgueses de su padre, no veían el trabajo con buenos ojos o como un aliciente para sus vidas, por ello malgastaban con displicencia el dinero que la madre a fuerza de sudor y látigo ganaba en el ingenio de su propiedad.

# XXXIII

Luego de un tiempo más en que explicó en detalles sus planes futuros instándome a atender el hospitalito de emergencias que habían construido contiguo al recinto del capitán pedáneo, para los niños y las mujeres sin amparo, le propuse ir a prestar mi auxilio tres veces en semana, no podía faltarle al resto de mis camaradas de infortunio. Entonces, me ofreció un reducido espacio para que instalara mi recinto de sanaciones, allí podía dormir y recibir al resto de los reconcentrados. Luego añadió:

—No interesa lo que dicen las beatas de ti, ignoro los poderes a los que acudes para curar, jamás podrías curar a ningún ser humano en nombre del mal, me interesan más tus remedios que las curas risibles del médico con métodos desacostumbrados y medicinas que nadie ha visto ni verá por estos lares.

Pensé que de algún modo mucha gente saldría beneficiada con la condición que me ofrecían. Así que al otro día me trasladé hasta allí.

Gracias a su auxilio mucha gente logró mejorar su estado, con la ayuda de dos chicos salía al amanecer a recorrer el pueblo y traíamos a mucha gente necesitada que de ningún modo habrían acudido al recinto a pedir ayuda al párroco. Sin siquiera pedirle permiso, le propuse al regimiento auxiliarle con los soldados maltrechos, así pude conseguir una fuente de medicinas y comida extra para repartir a escondidas entre los pobres. La iglesia estaba constantemente asediada por una cantidad inestimable de hambrientos.

Esto continuó sin parar durante muchas semanas. Yo me absorbí totalmente en el trabajo y me olvidé de mi bienestar, cuando otros estaban tan mal de qué valía mi contento. Tomaba algún mendrugo y continuaba. ¿Descansar? ¿Quién tenía tiempo?

Dormía pasada la medianoche y al amanecer volvía a abrir las puertas para recibir a los enfermos. No sé si lo que hice fue practicar las curaciones o rezar pidiendo milagros. Todas las mañanas se formaba una cola de veinticinco a treinta personas fuera del dispensario. Algunas habían caminado durante días para llegar allí. Con frecuencia tenían que esperar horas.

La firmeza de aquella muchedumbre no tenía metas. Su valentía y voluntad de vivir me causaron una profunda impresión. A veces atribuía el elevado índice de recuperación a esa sola determinación, el arresto para proseguir con vida, aunque mucha gente moría sin remedio y el cementerio del pueblo no daba abasto para recibir a tantos cadáveres. Abrían zanjas hondas y allí los iban apilando hasta que llegaban a los bordes, entonces los tapaban después de rociarles cal viva.

Creí que hacía algo bueno, pero me llegaron rumores de que el médico del pueblo estaba celoso de mi faena y el jefe del regimiento militar comenzó a quejarse de que las raciones destinadas a los soldados desaparecían con más rapidez que antes de mi llegada. Yo continuaba ajena a estos comentarios, pues permanecía atareadísima tratando de encontrar comida para los reconcentrados hambrientos. Inventaba tretas para obtener el doble de comida y medicinas de los suministros del ejército y remediar el estado de aquellos reconcentrados que seguían llegando de todas partes.

Durante casi un mes robé comida de la cocina del regimiento en nombre de la iglesia y la distribuí entre los niños; si quedaba algo, se lo proveía a los adultos. El padre Segismundo ocupado en sus manuscritos miniados puso en mis manos todo el peso de sus actividades. Sentía pavor: si detectaban el desvío de alimentos y medicinas, tomarían venganza.

Eran tiempos difíciles, a cada rato se formaban grupos de voluntarios para reforzar a los ejércitos españoles, abundaban los confidentes que entregaban sus hermanos insurrectos al gobierno y todo aquel que fuera partidario de la causa insurgente, estos soplones conocidos como «chotas» delataron a tanta gente que fue preciso señalar demarcaciones para la recogida, con el pretexto de que eran ñáñigos fueron encarcelados un gran número de negros por el solo hecho de portar tatuajes en sus cuerpos, también fueron perseguidos los tabaqueros, pues sus lecturas animaban los ánimos de los más apocados.

Nada bueno podía esperar si descubrían que yo robaba alimentos y medicinas para repartir entre los reconcentrados. Todos aquellos que no prodigaban su fe al gobierno español o levantaban su voz o sus actos para oponérseles o causar algún perjuicio, eran considerados peligrosos.

Tal fue el caso de Emilia, una joven nacida al amparo de la finca Córdoba, propiedad de su padre, que se lanzó junto a su familia a la faena de lograr un trato justo para los esclavos, y fue declarada junto a su padre como desafecta a la corona, por lo que sus bienes fueron embargados, los desterraron hacia la Isla de Pinos y perdieron su finca y sus viviendas.

# XXXIV

Un mal día apareció en la Iglesia el padre del cura Segismundo, con un prelado venido desde San Cristóbal, pues gracias a las influencias de su progenitor le habían asignado para un puesto de mayor envergadura y beneficio. Su familia estaba esperanzada, quizás por fin cesarían las coletillas sobre su relación ilícita.

Si Segismundo se marchaba del pueblo, quedaría mucha gente sin amparo y yo no podría seguir realizando mi labor; oré a Dios porque esto no sucediera y fue así que sorprendidos quedamos cuando el cura juró que jamás saldría del pueblo, es más, aseguró —en un ataque de cólera no habitual en él— que allí moriría y perduraría por los siglos al amparo de su parroquia.

Años después, le encontraron muerto frente al altar, y encargaron un suntuoso ataúd, allí le velaron los días reglamentarios, pero un escollo inmenso hubieron de enfrentar al llegar los enterradores, no hubo alma humana que pudiera cargar el catafalco, tanto pesaba que acudieron hombres de todas partes, pero ninguno pudo levantarlo del suelo, abrieron la caja y vieron al padre fallecido y solitario en su delgadez extrema, ningún lastre impedía que fuera cargado para conducirlo al camposanto, entendiendo aquello como un milagro allí le dejaron incorruptible frente al altar, mucha gente llegaba a diario para ver el ataúd ileso y sin sepultar.

Peregrinos de toda la Isla llegaban en la época en que se celebraba su fallecimiento para pagar promesas incumplidas o visitar al menos una vez en la vida al padre que se volvió incorrupto luego de muerto, pues todos sabían de memoria sus andanzas en vida.

# XXXV

Mucho antes de que el padre Segismundo muriera, y estando en su más pleno vigor, el clérigo me mandó a llamar un día a la hora de la misa y me hizo una señal para que lo esperara en la sacristía, ese día concluyó antes de lo acostumbrado. Cuando llegó, al entrar por fin al sitio donde yo le aguardaba, una sombra nefasta estaba detenida en su cara.

Sin preámbulos me dijo que dentro de unos minutos sería apresada y juzgada y que él nada podría hacer. Los oficiales de la capitanía habían descubierto que, además de mi fama de curandera y de hacer tratos con los espíritus del mal, robaba comida del ejército para entregarla a los pobladores. Él solo aseguraría que jamás estuvo al tanto de mis trasiegos.

Quise defenderme, pero ya estaban allí con sus uniformes grises. Me ataron de pies y manos y, como un fardo, un soldado me cargó hacia el puesto militar. Sería juzgada a la siguiente semana. Esta noticia se propagó por todos los rincones del pueblo. Mucha gente acudió en protesta, pero arguyeron que eran tiempos de guerra y yo sería juzgada por el delito de alta traición.

Estaba perdida, ninguno de los refugiados podría ayudarme, las leyes del ejército y las órdenes debían ejecutarse sin miramientos. A la semana siguiente sería ejecutada. El médico del pueblo, en su labor de hormiguita, había hecho creer a todos que yo era una solapada bruja que forjaba sus ritos en la misma iglesia, y que por esta razón sería castigada. La gente comenzó a mirarme con horror y muchos de los que antes socorrí no desearon reconocer mis favores. Fui conducida a la cárcel del pueblo. Anunciaron que en una semana me asfixiarían por inmersión en agua.

# XXXVI

La semana pasó lenta y por fin llegó la víspera de mi sentencia. Decidida a aceptar mi suerte, comí algunos mendrugos que me ofrecieron en la noche y me dispuse a dormir mi último sueño. Era casi la medianoche cuando un soldado vino a buscarme, creí que sería conducida inmediatamente al matadero, pero me llevaron a una pequeña habitación del regimiento, para sorpresa mía allí estaba el señor alcalde, al verme se puso de pie y me ayudó a sentarme frente a él con suma amabilidad.

Aguardé en silencio sin mirarle a la cara, solía encontrarle en mi tránsito diario por las calles y siempre le descubría mirándome con atención, nunca me dirigió la palabra, era Don Olegario Sequeira de los hombres más codiciados del pueblo, era casado y tenía siete hijos que había enviado a España a recibir educación. Su mujer, Narcisa Vicuña, era de arcaico linaje y había recibido como patrimonio al casarse la mayoría de las fincas aledañas al pueblo. Dicen que padecía un mal que no tenía cura y que era pronta su muerte.

Poniéndose en pie me tomó por la mano y dijo:

—Soluna, he venido a proponerte matrimonio—. Quedé desconcertada, pero me sobrepuse con dignidad.

—¿Con qué cuenta para hacerme una proposición así?

—Soy el hombre más rico del pueblo... muchas mujeres estarían dichosas de que yo las desposara.

—No me refiero a sus caudales, Don Olegario, yo ni siquiera lo aprecio.

—¿Con qué cuentas tú para negarte?, si te casas conmigo te libraré de la muerte.

No supe qué contestar, yo amaba la vida más que a nada en el mundo. Pero aquel hombre me era ajeno y además casado en buenas nupcias.

—No recogeré las sobras de su mujer —contesté.

—Vaya engreída que eres Soluna, mi mujer agoniza, en cuanto muera me caso contigo si estás dispuesta, puedo esperar a que lo mastiques, las tierras del Collado son las más florecientes de la región, siempre aspiré a que fueran mías, eres la única heredera. Piénsalo bien, cómo será en lo adelante tu vida si me cedes las tierras del cafetal. Aplazaré tu ejecución hasta dentro de tres días, si en ese tiempo no te dispones, sabrás lo que vale tu orgullo.

Se levantó y sin mirar atrás se fue. Al clareo del tercer día con la muerte delante, lo mandé a buscar y le dije:

—Me voy con usted si me asegura una cosa. Permítame seguir ejecutando mis sanaciones —ante un gesto leve de su cabeza, le aclaré—: no las ejecutaré en su casa, vendré a diario a mi cuarto contiguo a la sacristía.

—No está mal que la alcaldesa se ocupe de la plebe. Verás que con el tiempo cambiarás de parecer.

De ese modo fui redimida de la horca, era la segunda vez que me libraba de la muerte, y esto hizo que la gente comenzara a mirarme como una verdadera bruja, pues habiéndome liberado de la muerte de este modo creyeron ver en mí dones sobrenaturales, tampoco entendían que fuera la protegida del hombre más importante de la zona. Además, algo que aún permanecía en el más absoluto secreto, nadie conocía de mis actividades conspirativas en contra de la corona, era yo una confidente en el pueblo de las tropas insurrectas y esta era una situación embarazosa que debía salvaguardar. Pero, cuánta más información podría recoger viviendo en la casa del propio alcalde y jefe supremo de las tropas acantonadas en el pueblo.

Cierto saborcillo a expiración quedó rondando en mi espíritu y me volví más circunspecta a la hora de ejecutar actos osados que pocas veces la gente reconocía. Muchas personas, luego de mi indulto, aunque me importunaban observándome con sospecha y hasta rebajaron su trato conmigo, seguían viniendo para que les sanara de sus cortedades.

Con estas restituciones o con tan buena suerte, como queramos llamarlo, creció mi fama de bruja, aunque yo nunca admití esta designación. Fue la suerte quien me libró una y otra vez de ser ahorcada, sola mi piadosa estrella, nada más.

# XXXVII

Me fui a vivir a la casa del alcalde, pero sin contraer compromisos amatorios. La mujer de Don Olegario agonizaba día y noche, mientras él esperaba ansioso por su muerte. Para ello organizó los funerales con anticipación, aun estando viva. La gente se congregaba en las noches en su hacienda para velarla, una multitud de comadres ricas que iban allí a contar chismes y bagatelas. Una afluencia de gente desarrapada asistía solo por las tisanas y los sustentos que repartían a medianoche.

Todo estaba dispuesto para los funerales, pero la mujer no moría. Dado el tiempo en que se tomó para disponerlos, más los deseos de que fueran realizados, resultaron los más fastuosos del pueblo. Segismundo mandó a tejer a las monjas, con mucha anticipación, la sábana santa con que sería envuelta, la más grande y cara jamás vista, y las zapatillas venerables tejidas con cáñamo, con vanidosas puntadas e incrustaciones de piedrecillas venerables, para que le aseguraran un rápido tránsito al paraíso.

La compra de este ajuar era un negocio muy bien pagado por los ricos del pueblo, solo ellos podían costearlo, los pobres ni siquiera tenían mortaja para ser envueltos. Cada cual aseguraba su cubierta honorable con bastante antelación, además de las babuchas entrelazadas por las monjas, sin estos menesteres ningún muerto estimable podía circular en paz por las vías que conducen al paraíso.

Asunción sucumbió al amanecer de la víspera del día de todos los santos en medio de una bruma pertinaz. El hijo menor, al que nunca habían visto en el pueblo, acudió, viajando desde España, llegó con suficiente antelación para recibir las indicaciones de la enferma y empeñarse en hacer más difícil mi estancia en la hacienda. Los otros seis que se dedicaban a administrar la hacienda aprovecharon el velorio para permanecer como zánganos dormitando el día entero.

La víspera, abrazada a su hijo preferido, murmuró en su oído los pecados sin resolver, las peticiones para el futuro, y la promesa de perpetuar su imagen y sus mandatos más allá de su muerte. Una vez que agonizó, fue ataviada con fastuosos ropajes y aderezos, le rociaron agua de azahar y su cara amarillenta fue teñida con un rosado tan suave que le hacía parecer una moza. Le pusieron todas sus joyas, la sábana santa de las abadesas terminaron por colocarla por encima a modo de velo de novia y le encajaron las zapatillas santas.

Un compadre de la muerta le regaló la cruz de ceniza que sería puesta bajo el ataúd y que luego se cubriría de azahares, muchos de sus familiares para congratularla le cantaron sus canciones favoritas, acompañados de un grupo de concertistas contratados y hubo algún que otro desconocido que pidió permiso al viudo para cantarle también.

Al cabo de una semana de hartazgos y celebraciones que los hambrientos del pueblo supieron aprovechar muy bien, al fin la ubicaron en una carroza tirada por diez alazanes, partieron en una larga procesión de familiares y conocidos, seguida por un torrente de hambrientos semidesnudos. Su hijo enfermizo y afeminado se negó a caminar tras el coche que conducía el ataúd, hasta que resolvieron traer un quitrín con un bello alazán, para que lo llevara un esclavo con levita y chistera.

Una vez llegados a la Iglesia y colocada la muerta ilustre frente al altar mayor, rodeada de cirios perfumados, cada uno de sus conocidos fue desfilando frente a ella, recitaban un padrenuestro, una avemaría, y luego se dedicaban a comentar en su oído los circunstancias que, dada la larga agonía de la fallecida, ella no había podido escuchar.

Esta procesión de amigos y confidentes duró otros siete días, en los cuales la gente bebió y comió a sus anchas en los taburetes que Don Sequeira alquiló, mientras sus parientes le cantaron las tonadillas que acostumbraba escuchar en vida. Fueron tantas las loas a las que tuve que asistir en calidad de futura esposa de Don Olegario Sequeira que quedé hastiada de aquel velorio que más parecía una función de circo.

Mientras la muerte se descomponía y el hedor a cadáver invadía la sala, los corredores y hasta los patios, venían gentes de todas partes a ver a la muerta célebre y participar de la comilona ofrecida por Don Olegario, al que no le había sido impuesta ni una sola de las leyes de la Reconcentración, y que de alguna manera se había beneficiado con el ganado que quedó errante y a merced de Dios en los labrantíos, por ello mandó a sacrificar siete vacas que repartió con prolijidad.

Arribaron muchos desde diferentes poblados, al enterarse de aquel velorio próvido, atraídos por los bocados y las comilonas que se prodigaban a los presentes. El hambre en toda Cuba era descomunal y estos brindis constituían una tentación grandiosa que hacía a la gente recorrer decenas de kilómetros en el rastreo de algún bocado.

Llegaron vagabundos, enfermos de inanición, fugitivos de la ley, reconcentrados, hasta un circo de mala muerte se instaló contiguo al patio donde aguardaban los dolientes, para participar de los agasajos. Tanta gente vino que a cada rato se formaban riñas, sobre todo a la hora de repartir los brindis; para escándalo y desconcierto de las damas distinguidas del pueblo que protestaban por la morralla con la que se veían obligadas a cohabitar.

Las huertas de la residencia del alcalde —anteriores sembrados de amapolas y lirios azules— quedaron devastadas, los canteros demolidos y los columpios, balancines y mecedoras donde antes eran acogidas por la primera dama las visitas, fueron hurtados, no quedando ni rastro de ellos. Los espacios libres terminaron repletos de suciedad y hasta de excrementos de gente no acostumbrada a las comilonas.

Don Olegario hubo de contratar a unos aparceros para que limpiaran aquella porqueriza y poder continuar con los réquiems, pero al día siguiente volvían a quedar en similar estado. Ante aquella catástrofe, contrató a tres porteros que decidían quiénes entraban a ofrecer sus lamentos y quiénes eran echados de allí sin miramientos.

A los catorce días llegó otra banda de música de la capital y comenzó el desfile que duró hasta el atardecer, creí que todo terminaría ahí, pero fue conducida en andas a la Capilla del

Cementerio para hacerle una misa de cuerpo presente, allí todos dieron loas a la fallecida hasta que la ubicaron en un suntuoso pabellón que terminaron por sellar con cal y cemento, porque, invadida de larvas, la difunta acababa por descomponerse.

Luego de las exequias, los familiares penitentes se mantuvieron haciendo una novena cada noche, para acompañar su espíritu hasta que llegara a su destino final. Al fin la hacienda se vio libre de intrusos y el circo acabó por recoger sus lonas carcomidas e irse del pueblo.

Atolondrado él, y medio enfermo por tan extenso velorio, acompañé al viudo al día siguiente para acordar los despachos de nuestro matrimonio. A los veinte días se celebró mi boda, sin pompas ni galanuras. Fue de esa manera que me convertí en alcaldesa.

# XXXVIII

Desde que me mudé a la casa de Don Olegario cumplí a cabalidad mis deberes de esposa, las culpas me fueron perdonadas por el ejército debido más bien a mi condición de esposa del hombre más poderoso, aunque las dudas en mi contra siguieron flotando en las mentes de los pobladores. Don Olegario Sequeira se hizo cargo de las tierras del Collado que, debido al bando de Reconcentración, para nada me servían, y fue un amante discreto y hasta cariñoso, no haciendo requerimientos demasiado agudos, ni forjando interrogaciones sobre mi vida anterior.

Jamás osó aludir a lo que la gente del poblado rumoreaba, la circunstancia de estar embaucada por un Oficial de las huestes enemigas y además fallecido. Olegario se permitió a sus cuarenta y dos años, la deferencia de ser un amante competente que sacó de lo más insondable de mí, una efusión mediana pero bien retribuida, y logré ser bienaventurada entre sus refugios, aunque noche a noche invocara en secreto a mi Capitán, el cual no retornó, escamado quizás por mi nueva circunstancia.

Era Olegario de naturaleza vigorosa y de simetrías puntuales, impetuoso y sagaz, lejos de lo que yo conjeturé al ajustarme con él, su condición cardinal era la de ser sensible, la de prestar oídos a las prudencias y las motivaciones de los otros, así fueran estas meditaciones opuestas a la causa que él acogía con beneplácito. Estaba al tanto de mis mañas de curandera y las requería para sus zarandeos acostumbrados, no se interesó por las patrañas venenosas de las comadres y más bien me apetecía a toda hora y a cualquier hora del día, a veces estaba embebida en mis trabajos, llegaba ávido y encabritado, me apresaba en sus brazos dilapidando lisonjas por doquier, debía desajustar mis menesteres para sosegar su anhelo con apremio, esto me absorbía sobremanera y traté de ser recíproca en mis devociones.

Olegario procedía de una estirpe de labriegos, patronos de su heredad en la inmediata Villa de Nueva Paz, eran diecinueve hermanos que hacían prosperar la finca con tesón y buenos bríos, poseían fértiles tierras.

Desde chicos se afanaron a su tierra como único tesoro, no conociéndoseles mano de obra esclava en sus quehaceres, las dos hermanas remediaban a la madre en los afanes domésticos, eran prósperos y bien tenidos por la gente que los consentía por ser de hermosa compostura, enérgicos y emprendedores, así fue enlazado en matrimonio siendo muy joven, con una rica sucesora del pueblo, enclenque y quejambrosa desde niña. Ya franqueaba los cuarenta y aun no había encontrado mozo que la desposara a pesar de ser su padre el caballero más rico de los contornos, así se enlazaron y consiguieron siete vástagos esqueléticos y similares a la madre.

La gente murmuraba que saciaba su vigor en los burdeles de putas y a pesar de su fortuna, las mujeres le brindaban de balde sus favores, pues estaba muy bien equiparada su apariencia con sus partes pudientes, además, era creativo y sensible en su fajina.

Contrario a lo que creí y expresó en la celda de castigo la noche en que fue a proponerme matrimonio, a Don Olegario Sequeira jamás le importaron las tierras del Collado, e insistió desde el primer día, para que me convirtiera en su esposa en total posición. Accedí a su demanda y debo descubrir que le tomé amor.

Viví instantes de bienestar verdadero a su lado, pero muy pronto los negros celajes de la mala estrella comenzaron a deslizarse calladamente sobre mí. Las comadres, amigas de su mujer, comenzaron a contar chismes, decían que aceleré la muerte de la Doña para ocupar su espacio, que mis tósigos y remedios empeoraron su estado.

Es cierto que el día anterior a su muerte, para no verla agonizar sin remedio, retiré una imagen de la Virgen Milagrosa de la cabecera de su lecho, para que la pobrecita acabara de sucumbir en paz, y que la hice ingerir muchas veces pociones de adormideras para que cerrara sus ojos para siempre y no me observara desde su lecho de moribunda con suspicacia.

El cura me visitó varias veces inquiriendo si estas habladurías eran ciertas, mucha gente se había manifestado en mi contra, decían que estaba poseída por un aliento oscuro y que tenía un pacto con él, lo cierto es que de mi consulta empezaron a desaparecer los que antes acudían en busca de mejoras para la salud o el olvido de sus males, y la situación en el pueblo se volvió escabrosa. A mi paso por las calles me arrojaban basura y piedras, hasta que decidí tomar algunas precauciones y remedios que me ayudaron en algo.

Me sentía tan deprimida que me encerré en casa, no sentía temor al posible castigo o las represalias de las autoridades, sino dolor al ver la ingratitud de mucha gente que antes ayudé. Rezaba casi todo el día para que los ánimos en mi contra se depusieran. Pensaba que, si al fin lograba que una sola persona cambiara los sentimientos de odio y venganza por los de amor y compasión, entonces habría sido digna de sobrevivir aquel infierno.

La situación del pueblo iba de mal en peor, el hambre crecía por doquier, a la par de las enfermedades, casi todos los comercios cerraron sus puertas ante la insolvencia de conseguir mercancía al por mayor, los pequeños propietarios fueron los primeros en quebrar y los más poderosos cayeron en un estado cercano a la miseria, se respiraba un estado de inanición que hacía que los ánimos de la gente decayeran.

# XXXIX

Una noche nos íbamos a retirar a descansar y escuchamos bramidos y vimos una muchedumbre considerable corriendo por toda la calle. Cuando nos asomamos a echar un vistazo, descubrimos una inmensa hoguera que surgía de las manzanas más céntricas del pueblo. Aterrados supimos lo que acontecía. La tienda más grandiosa del pueblo ardía por los cuatro costados, extendiéndose el fuego a las casas colindantes.

Tienda llamada Las Tres B, su lema era «bueno, bonito y barato», además de ser la más surtida, la que mejores productos ofrecía, y de encontrarse allí lo que en otros sitios escaseaba, era el único negocio en el pueblo que poseía una caja de caudales. Los colonos y la gente adinerada de pueblo acostumbraban guardar allí sus caudales, por lo que era el dueño una especie de banquero que llevaba los débitos y haberes de sus clientes, quienes miraban con seguridad sus finanzas, dada la honradez del dueño. Un hombre alto y fornido, llamado Macho Pajón, casado, con tres hijos y que, según aseveraban sus sirvientas, copulaba cada día a escondidas con una hermosa gallina blanca que andaba a sus anchas por la vivienda posterior a la bodega, para disgusto de Eméria, su mujer, pues la dichosa gallina soltaba excrementos en cualquier sitio, se trepaba en los armarios y los mostradores, volcando las porcelanas y las vajillas, y tenía convertida aquella casa en un nauseabundo gallinero.

Un buen día Emeria, buscando poner fin al fastidio, organizó una comilona e invitó a todas sus amistades, sirvió como plato principal fricasé de gallina, y todos comieron hasta reventar de los cuantiosos comestibles, que como muestra de holganza en tiempos de escasez todos devoraron con verdadera complacencia. Al terminar, mandó a una de sus sirvientas a traer en una fuente la cabeza ensangrentada de la gallina adorada por Macho Pajón, el cual sin dar tiempo a que los demás reaccionaran, volcó la mesa, hizo trizas las vajillas, rompió los escabeles y luego con la misma cabeza ensangrentada comenzó a golpear a la mujer, sin que nadie pudiera impedirlo, tan grande era su ira.

Cada vez que lograba alcanzar a Eméria, trataba de hacerle tragar la cabeza y el pescuezo ensangrentado. Al final, no pudiendo lograr su propósito, se dio por vencido, y echó de la casa a Eméria con sus tres hijos para que pasase el resto de sus días junto a la multitud de reconcentrados que pululaban en las calles, con la amenaza de que, si la veía aparecer de nuevo por allí, correría la misma suerte de su gallina amada.

La mujer se unió a la masa de indigentes que deambulaban en busca de algún mendrugo, sus hijos famélicos y desnutridos jamás osaron volver por allí y Macho Pujón nunca más quiso saber de mujer alguna ni de una nueva gallina. Muchos juraban que fue la misma Emeria quien prendió fuego a la bodega y a lo que antes fue su casa con su esposo dentro.

Todos observaron la escena horrorizados, allí se estaban car-
bonizando los bienes obtenidos con el trabajo de años por
sus dueños, nadie pudo pedir cuentas a Macho Pajón, pues se
incineró junto a su tienda, esto significó la ruina de muchos
pequeños propietarios que, de la noche a la mañana, vieron
volatizarse entre las llamas sus capitales y se unieron a la
multitud de indigentes que abundaban en el pueblo.

# XL

Mis colaboraciones con los mambises tomaron un rumbo más definido, pues ya no se limitaban a proporcionar informes sobre los movimientos del ejército, sino que, dada mi situación de privilegio como esposa del alcalde de la Villa, podía presenciar reuniones secretas de los oficiales del destacamento acantonado en el pueblo, manteniéndome al tanto de asuntos sumamente reservados que, burlando toda vigilancia posible, hacía llegar a las tropas mambisas. Esto provocó que las contiendas y operaciones del ejército español fracasaran en muchos casos y la decepción ante la feroz embestida que se avecinaba les hiciera ensombrecer sus anteriores aires de supremacía

Antes de los bandos dictados por Weyler ya la situación en los ingenios y los cafetales era lamentable, la subsistencia cotidiana se volvió un infierno, los dueños no tenían medios para sostener a sus braceros y estos agonizaban a raudales por las enfermedades, el hacinamiento y la falta de higiene en los barracones, aunque la libertad definitiva de los negros fue dada en mil ochocientos ochenta y seis, mediante una Real Orden, finalizaban entonces más de trecientos cincuenta años de explotación absoluta del africano en Cuba.

La Real Orden mencionada obligaba a los esclavos liberados a presentar, cada vez que las autoridades se lo exigiesen, el comprobante demostrativo de que estaban contratados y trabajando. El negro, en cuanto pudo, abandonó la zona donde fue esclavo y trató de reconstruir su vida en una región alejada.

La zona Habana-Matanzas, antiguo imperio de la plantación, se vio relativamente abandonada por miles de negros, que sucesivamente ocuparon los territorios de las Villas y terminaron asentándose en las montañas orientales, en las que aún había tierras libres, y la relación entre negros y blancos fue más fraterna, aunque la vida para los antiguos esclavos siguió siendo dura, pues desconocían el idioma español, ya que en su trabajo diario solo obedecían voces de mando siempre monótonas, sin medios para aprender un oficio y en paupérrimas condiciones siguieron habitando las haciendas azucareras, las cuales habían sido arrasadas por la embestida de la guerra que mermó la población esclava en elevados porcientos.

El pueblo de San Nicolás se convirtió en un territorio de espanto al igual que el resto de los vecindarios de la Isla, todos sufríamos por la genocida Reconcentración ordenada por Valeriano Weyler. El alumbrado público apagó de una vez sus lumbreras, y los vehículos de transporte cesaron sus desplazamientos habituales. Solo una locomotora fantasma llegaba una vez por semana a transportar provisiones y socorros al ejército emplazado en el pueblo.

La gente moría a montones. La desesperanza era el pan nuestro de cada día. Ante la escasez de medicamentos, comenzaron a ejecutarse no solo por mí, sino por el médico de la localidad, remedios que alguna vez impugnaron, por considerarles descabellados y no dignos para un galeno de profesión. Por mi parte, salía una vez en semana a los sembradíos abandonados a recolectar arbustos y hierbas que pudiesen ayudarme.

Utilizaba remedios diversos para los padecimientos de la piel que sufrían con asiduidad por la falta de higiene, entre ellos pústulas, parasitismo por nigua y una afección nunca vista con anterioridad, la cual ponía las manos ásperas volviéndoles inutilizables, proliferaba también otra a la que llamaban caracol que hacía caer trozos de dedos, membranas y nariz.

Algunas de las yerbas y de los frutos más usados para la curación eran el sasafrás y los bejucos, el almácigo, el fruto del manzanillo y el guacasí.

Los piojos eran llevados por todos, pues no había modo de conseguir una desinfección apropiada, el calor del trópico favorecía las fatigas del vientre y no disponíamos de terapias para tratarlas, también se obraban sangrías, que llevábamos a cabo punzando los miembros del enfermo con espinas de maguey y pequeñas piedras filosas talladas para esos usos.

Para expulsar las lombrices que invaden el vientre causando sufrimientos y extenuación, sobre todo en los infantes, usaba una mezcla de tabaco con cierta clase de cebolla machacada, y una yerba sagrada: el güello.

La peor de todas era la anemia, imposible de notificar y más difícil de prevenir dada la escasez de alimentos, los pobladores del lugar al verse pálidos y sin fuerzas decían que tenían hipa, que quería decir en lengua nativa de los indios «palidez del doliente».

Se temía a la fiebre, y el único medio para tratarla era aislar a los enfermos por temor al contagio. Los familiares los sacaban del pueblo llevándoles al monte indefensos, con provisiones mínimas de agua, y algunos mendrugos, dejándoles solos, al amparo del boscaje y desprovistos de condiciones con que enfrentar a las vacadas salvajes y las adversidades del tiempo. Aunque sé de algunos que fueron asistidos con cierta frecuencia hasta que finalmente morían.

Los infestados de tuberculosis, lepra u otros sufrimientos altamente contagiosos, se volvían rebeldes, negándose a asumir este abandono agreste, por ello el médico del pueblo, a cambio de proporcionarles algunos auxilios, les obligaba a tiznar el rostro con carbón vegetal, y así pintados deambulaban por las calles del pueblo buscando sobras de comida, mientras la gente por prevención se escurría.

La cura más difícil que jamás avisté era de la locura, la cual practicaba un chamán llamado Cleto que vivía en una choza vieja en los alrededores del pueblo. Para realizar el tratamiento de alguna mujer endiablada, se introducía en la boca y a escondidas un hueso pequeño envuelto en el cuero seco de algún animal.

Luego, el curandero daba vueltas alrededor de la doliente, la palpaba de la cintura a los pies estirando con fuerza los miembros inferiores como si quisiera arrancarlos de su lugar, le despojaba la cabeza infinidad de veces con disimiles hierbas pestilentes, luego de rogar por la sanación alimentaba a los espíritus bienhechores con algunas frutas, posturas y huevos de serpiente que sujetaba con un paño antes bendecido en la cabeza de la enferma.

Al instante soplaba tabaco a la dolida en el cuello, el estómago, las espaldas, las mejillas, el seno, el vientre y otras partes del cuerpo.

Inmediatamente abandonaba la habitación y desde fuera requería al espíritu que moraba en el cuerpo de la enferma, para que se fuera bien lejos de ella y de sus familiares. A continuación, se volvía de espaldas y cerraba la puerta de la choza, colocándose las dos manos sobre la boca soplaba con ellas como si sostuviera una cerbatana.

Al terminar estas operaciones se sacaba de la boca el huesito mostrándolo a los familiares, les aseguraba que esa era la causa de su mal, y que había entrado en su boca por arte de magia, advirtiéndoles que lo guardaran y conservaran cuidadosamente, pues decía que estos huesitos servían a las mujeres de gran ayuda para curar su mal en tiempos venideros.

Los familiares guardaban obedientemente el huesito envuelto en algodón y le ofrecían comida. Nunca advertí que alguna mujer sanara con este culto, pero sus familiares seguían adorando al huesito como si se tratara de una fuerza sobrehumana que los ampararía de la llegada de nuevos soplos infernales.

Las penas que la sociedad imponía a los chamanes sospechosos de poca profesionalidad iban desde rotura o desarticulación de los huesos de las extremidades hasta la castración y el vaciado de los ojos.

# XLI

Una tarde de junio me encontraba yo cumpliendo un reordenamiento de medicinas en los depósitos de los soldados, cuando llegó Guá Guá Montero, traía con él una cantidad considerable de medicinas hechas con hierbas, y vituallas que me enviaba Nahyr. Dijo que había tomado como esposa a mi hermana y me instó a que fuera a visitarla. Olegario estuvo de acuerdo, una vez consultado. Y al clareo de los primeros gallos nos levantamos, decidí seguirle por curiosidad, pues deseaba ver el modo en que vivía mi hermana.

Me condujo por una veredita encubierta por madrigueras de siemprevivas en pleno monte, a cada rato escuchaba desde mi cabalgadura insólitos sonidos como producidos por un silbato, luego supe que eran los vigilantes de la montería que a cada trecho advertían a sus hermanos sobre la presencia de alguien que se acercaba en actitud amistosa, estos silbatos semejaban los aullidos de animales salvajes.

Después de mucho andar, vi aparecer la aldea, quedé pasmada, lo que decían sobre su singularidad era cierto. Erigida sobre corrientes y tremedales, la habían constituido sobre pilastras de ocuje, las viviendas eran altas con techo de guano y se llegaba a ellas por unos andamiajes que comunicaban todo el caserío, ese maderamen de pasarelas le conferían la potestad de ser una aldehuela con alrededor de cien casas, con periferias bien curiosas, y como abundaban las riadas, los nativos se movían por ellas en canoas.

Los frontones de las casas estaban adornados con pieles de jutías, venados y otros animales que no pude identificar. Los interiores, decorados con motivos de gran colorido, casi todos eran de un fondo añil, sobre ellos habían pintado infinidad de motivos y signos que solo poseían significado para los nativos que vivían allí. Representaban escenas silvestres, donde figuraban venados, aves de hermoso plumaje, peces de gran tamaño y figuras de caballos. Se tomaban mucho interés en decorarlas con dibujos abstractos y también con elementos de la naturaleza, peces, flores y manatíes.

Eran las mujeres quienes se encargaban de estas decoraciones, así como de confeccionar los útiles hogareños, como platos, cazuelas, botijas, todos moldeados con barro. En cada casa había alrededor de seis o siete hamacas donde se sentaban los recién llegados y donde dormían sus residentes.

La casa de mi hermana era de dinámica estructura con empates pulidos de palma, dejando la parte áspera para el exterior, el techo de guano curiosamente revestido, sus paredes eran tan coloridas como las otras que había visto a mi paso. Se entusiasmó mucho al verme, contenta de la vida que llevaba allí. Entretenía sus días en fabricar gargantillas con semillas y fibras, confeccionaba atavíos para las mujeres y también para los hombres cuando iban de caza. Guá Guá Montero se dedicaba a la caza y la pesca y en sus ratos libres tejía redes y era muy buen curtidor de pieles.

Pude conocer a Mariandá que era la líder espiritual de aquella raza, tenía tres maridos en su casa a los cuales atendía por separado y los que parecían llevarse muy bien, era diestra en enlazar vacadas ariscas, montaba muy bien los potrillos y recorría los montes en un jamelgo en busca de herbajes que necesitaba para sus remedios. Una vez al año mandaba a buscar al presbítero del poblado para que cristianara a los nuevos vástagos, era ella quien solemnizaba las festividades cristianas en lengua aborigen repitiendo lo mismo que el párroco exponía. Sus dioses eran una mezcla de cemíes y mártires cristianos, en la aldea reinaba un orden preciso, amparada por una comitiva de las mujeres más ancianas que tomaban las decisiones, y gracias a eso vivían en perfecta paz.

Allí Nahyr encontró la armonía que tanto buscaba, sus hijos crecieron al amparo de estos hombres y tuvo otros cuatro hijos del montero. Cada semana enviaban un mensajero con ayuda para mí.

A la vuelta, Guá Guá me condujo por la misma vereda. Llevaba andadas algunas millas cuando divisé a un hombre desconocido portando un arma. Creí que era uno de los voluntarios que ayudaban a los españoles en su tarea de reprimir a los insurrectos y a toda la población que enardecida buscaba por todas las vías posibles el triunfo de la causa libertadora.

Al verme, el hombre se dirigió a mí:

—Soluna, vengo de la Villa, la he escudriñado en todos los sitios posibles encubierto en este vestuario de mendigo, allí dijeron que andaba por estos lares.

—¿Qué quieres de mí, hombre?

—Pertenezco al regimiento Palos que maniobra en todo este terruño del suroeste de La Habana, vengo de parte del Brigadier, debo llevarla conmigo.

Ya había visitado antes el campamento más bien movedizo de tal regimiento y estaba muy al tanto de sus batallas en contra de la soldadesca. Estaba formado por un grupo considerable de insurrectos de la zona de sur de La Habana y realizaban transcendentales misiones.

—Algunos soldados resultaron heridos en una escaramuza en la que salimos muy bien parados, pero nos aventajaban en número, no pudimos rematarlos y se dieron en retirada.

Algo sabía de lo que decía el hombre, la soldadesca española ordenó el repliegue de sus tropas en el más absoluto mutismo la noche anterior, todos les vimos entrar heridos y desalentados al cuartel. Estaba al corriente antes de emprender mi viaje a la montería, las noticias corrían de boca en boca en el poblado, aunque las autoridades se cuidaban mucho de que la población, sobre todo los que le odiaban, los reconcentrados, supieran de sus bajas o sus capitulaciones.

Me despedí de Guá Guá y enfilé mi caballo tras los pasos del insurrecto, Olegario con seguridad me esperaba desde el amanecer, pero no me importó que esperara por mí, nunca me gustó andar sujeta como un rebaño a la cintura de un hombre.

El campamento estaba no muy lejos de allí y la cifra de heridos era baja, pero, requeridos de atención, estuve tres días entre ellos. Fue así que, una vez hechas las sanaciones, comencé a visitarles en secreto todas las semanas. Jamás tenían paradero fijo y mantenían en jaque al ejército que no podía echárseles encima, ya que utilizaban la táctica de las batallas distanciadas y actuaban por sorpresa.

Muy pronto las dificultades que nos esclavizaban serían depuestas y podríamos librarnos de la tenebrosa Reconcentración. Fui una intermediaria segura por mucho tiempo entre ellos y las fuerzas insurrectas que en el poblado los apoyaban.

# XLII

En el vecindario las cosas iban de mal en peor, casi todos los comercios habían cerrado sus puertas, los reconcentrados deambulaban como almas en pena por las calles infestadas. En esos aciagos días apareció el primer infectado de viruela, y comenzó a generalizarse el mal. La morbidez de aquella enfermedad era superior a las ya conocidas.

No existían medicinas que las secaran y, en un arranque de generosidad, el médico del pueblo tomó una becerras apestadas y comenzó a extirpar de sus ubres tumefactas la serosidad contagiosa para, una vez reducida, vacunar a algunos voluntarios, que la padecieron muy levemente y luego resultaron salvos a pesar de los malos augurios de toda la gente que vio aquello como un suceso descabezado. Para sorpresa general, muy buen efecto tuvo su remedio y los voluntarios sanaron, esto hizo que muchos acudiesen luego para infectarse con las escrófulas extraídas de las ubres. Entre ellos, Olegario y yo.

El presbítero recién llegado en sustitución de Segismundo, incorruptible y difunto dentro de su propia iglesia, brindó el local del Oratorio para instalar un Dispensario y un Sanatorio con sus hamacas de saco y algunos pocos camastros para los contagiados de más jerarquía. Las beatas protestaron, aduciendo que en lo adelante una multitud de menesterosos se adueñaría del lugar y serían postergadas por tal motivo las ceremonias cristianas.

El nuevo cura, para congraciarse, decidió entregar una de sus viviendas, y allí comenzaron a aislar a los primeros infectados. A la semana de evidenciarse la epidemia de viruelas, apareció el primer estrangulado de una cadena de ahorcamientos por propia voluntad. Un antiguo colono, Dionisio Estévez, que antes poseyó una de las haciendas ganaderas más productivas de la provincia y que ahora residía en una de las casuchas de guano que se habían levantado en el jardín contiguo a la Iglesia. A su muerte, siguieron muchos otros suicidios como medio de escapar del infierno. Ese mes quedaron viudas cincuenta y seis señoras.

# XLIII

Las falsedades en torno a mi persona continuaron. A veces aparecían en mi puerta mensajes amenazadores trazados con carbón. El chamán Cleto que realizaba aquellas curas risibles fue inmolado por una turbamulta de hombres y mujeres, que le arrancaron las orejas, le sacaron los ojos y luego lo quemaron vivo, amarrado a un poste en medio de la plaza. Decían que los brujos y los curanderos habían atraído las fuerzas del mal sobre la localidad.

Salía poco a nada de la casa, dejé de interesarme en la vida afuera, mi ánimo estaba muy menguado, la vulgaridad y la indolencia campeaban afuera como dueños absolutos de la situación. Las autoridades del pueblo obedecían órdenes superiores y, ante la impericia, sintiendo que todo iba de mal en peor, que la escasez aumentaba más cada día, uno se preguntaba al ver aquellos cuadros espantosos, ¿cómo puede crecer el mal de un día a otro, si ya hemos llegado a la cúspide de la pobreza? Gente codiciosa y sin reservas operaba a su antojo sin que nadie pudiese hacer nada para detenerlos. Quien se lanzaba a protestar contra el desconcierto, la corrupción, o hacía frente a aquellas leyes unilaterales e irrazonables, podía ser declarado loco, brujo, o revoltoso.

Malos tiempos me tocaron a mí y los míos, la existencia de cada día era malgastada en actos intrascendentes que en nada nos hacían crecer como seres humanos, sino que a cada hora descendíamos un escalón en aquella pirámide invertida donde la gente con un ápice de vergüenza debía replegarse y dejar a la truhanería actuar sin reprimendas ni condenas.

Mi marido trató de ayudarme, y me propuso realizar un viaje por los territorios del pueblo y pernoctar en los terrenos de lo que fue mi casa en el Collado, su condición de alcalde le posibilitaba el tránsito libre por todas las vías ocupadas por los militares, incluso se las ingenió para que mi casita en el Collado fuera reconstruida en parte. El estado de los pueblos era desolador, la víspera de nuestro viaje el alcalde de la Villa de Güines se personó en nuestra casa.

—Vaya, Don Olegario Sequeira, que al fin conozco a la hechicera de que todos hablan —dijo mirándome con curiosidad.

—Son habladurías de la gente... ella solo se ha ocupado de realizar sanaciones.

—Muchos aseguran que ha pactado con el mal y que mantiene relaciones con las tinieblas...

Mi marido trató lo mejor que pudo de deshacer aquella imagen perjudicial de la mente de sus invitados, los cuales perversamente mantenían sobre mí su acoso. Por más que Olegario habló, aquel funcionario y su mujer no quedaron convencidos de las palabras de mi marido. Todo el tiempo la mujer del alcalde estuvo eludiendo mi mirada.

Contó pormenores que nos resultaron dolorosos:

—En los últimos días la gente se ha irritado y han acaecido cuadros de desesperación y angustia, cada día llega más gente al pueblo... achacan su desgracia a los poderes del mal, tres mujeres han sido quemadas sin disposición de las autoridades, fueron acusadas de brujas —esto último lo dijo mirándome fijamente—, dicen que la hambruna es una maldición, han aparecido enfermedades desconocidas que los médicos no saben cómo tratar.

Después de un rato de lamentaciones de su mujer, el alcalde continuó:

—Vengo a informarle que han enviado una orden del Gobierno peninsular donde está prohibido plantar, en los huertos contiguos a las ciudades, maíz y plantaína y que también atañerá a la caña azúcar que tiene una doble utilidad, las hojas como pienso para el ganado y el tronco para fabricar azúcar... En la Villa de San Julián los sufrimientos y calamidades aumentan, las gentes llevan una forma de vida irregular, se hacinan en barracones, almacenes o refugios abandonados, a veces duermen en patios o resquicios de puertas, esto es especialmente grave para ancianos, mujeres y niños, que mueren continuamente.

Estas noticias nos llenaron de aflicción, nada podíamos hacer. Cuba entera desfallecía, tragada por el mal de la Reconcentración.

# XLIV

La noche que pasamos en el Collado, apenas pude pegar un ojo, el sonido lejano de una guitarra que alguien rasgaba desde el silencio me llenaba de inquietud, sabía lo que eso significaba. Tenía la sensación de que alguien me observaba desde lo profundo de la oscuridad, muchas veces chasqueé el pedernal y encendí la palmatoria, pero nada vi. Al amanecer, Olegario anunció que se iba al Ayuntamiento de la Ciudad con el alcalde de Güines que lo esperaba en el pueblo, para poner al tanto a los subdelegados de las medidas a tomar, así que quedé sola en mi antigua morada.

Obvié decir que esta había sido saqueada de los objetos con que mi marido la proveyó luego de restituirla y había servido infinitas veces como asilo a personas que vagaban sin rumbo por el campo o a los mismos soldados. Luego que mi marido se marchó, fui al sitio en que enterré a Octavio, había crecido sobre su tumba un extraño árbol. Por mucho que invoqué su figura, no volvió a aparecer, estaba convencida de que su alma y su aliento vagaban muy lejos de mí. Luego comprendí que estaba equivocada.

Volví a mi casa y aproveché la ausencia de Olegario para realizar mis abluciones, me restregué con unas hierbas de azahar para purificar mis soplos e hice sahumerios con hierba santa y hojas de salvadera; como sacerdotisa de la Diosa Luna le lancé, detenida en el umbral de la puerta, olorosa y desnuda, mi oración.

«Iluminada por ti, ante la antorcha de luz que como torrente viertes desde la profundidad de los cielos, ante ti me reduzco y me rindo, tú, Diosa de las Mujeres. Mi espejo anciano que desde tiempos remotos patrulla el destino de tus hijas, refulgente e incólume. Todo lo sabes de mí. Abro mis piernas, mis regazos, mis oquedades todas y contemplo el resplandor que emite mi cuerpo bajo tu luz. Acaricio mis senos, mi boca, mi vientre y también te acaricio a ti ardorosa. Este cuerpo es tuyo y en su plenitud ha andado diluvios y quebradas, quiero que transite por donde tú vayas, eres mi diosa venerada y las estrellas y los cuerpos celestes son mis hermanos, quiero ser lo que tú deseas para mí. Soy atraída hacia ti como un anzuelo, mi vientre tiene forma de diamante para que tu luz lo penetre y vivas en mi interior fortificando mis fluidos, mis avideces y mis esperanzas de vivir, conéctame a ti carnalmente y envíame lejos, donde la lobreguez que nos envuelve y lo áspero del camino no haga mella en mí. Soy polvo de estrellas, infinita y terrenal, soy luz y oscuridad».

Entonces apareció frente a mí, salido desde la penumbra de los campos, yo corrí adentro aún desnuda y él me siguió, iluminando toda la habitación del amanecer, le percibí como una litografía gloriosa, su uniforme de gala estaba maltrecho por la sangre y las desgarraduras, sus botones dorados brillaban contrastando con su cuerpo oscurecido, la herida de la frente había dejado de sangrar, la llevaba taponada con aquellas gasas que yo misma le coloqué, su olor a metralla y cadáver inundó la habitación.

—¡Vete, por amor de Dios, no quiero más tratos con espíritus! —alcancé a decir.

—Escucha, Soluna, he venido venciendo todos los espacios invisibles que nos separan y no tengo tiempo que perder, tu marido está en camino. He venido para alertarte, no salgas del Collado, no vayas de regreso con Olegario al pueblo, enciérrate a los cuatro vientos.

—Dime qué sabes, Octavio.

Hizo un ademán con la frente y, de pronto, su herida se destapó. Entonces, de un manotazo, se colocó de nuevo la gaza ensangrentada.

—No me desobedezcas, Soluna, haz lo que te digo por tu propio bien. He viajado desafiando todos los espacios que nos separan tan solo para alertarte, y mira cómo desoyes mi señal.

—Para qué quiero esta ilógica vida, en todos los sitios me maldicen como a una apestada.

—Ya llegará el día en que no seas, ni estés pero aún no es tu tiempo, por tu bien, no hagas ese viaje de regreso, te extraño y más temprano que tarde vendré a buscarte. Pero, antes, debes cumplir con tu destino, sería una maldición que te fueras con tu sino incompleto.

Me eché a sus pies implorando que me llevara con él. Sentía por él espanto, pero, a la vez una pasión tan honda que no interesaban las consecuencias que este amor trajese sobre mí.

Mientras le rogaba con frenesí entró mi marido que había cabalgado sin descanso para encontrarme, y nos miró espantado.

Recorrió con la mirada el cuerpo del Capitán detallando cada porción de su cuerpo y al advertir que no era un espectro cualquiera, ni una aparición deslustrada, sino que era realmente avistado como un hombre de carne y hueso, y que yo me mantenía echada a sus pies suplicando, dio un resoplido y se abalanzó sobre nosotros. En el acto, el cuerpo de Octavio se disipó en una humareda parduzca que nos proyectó hacia atrás con la fuerza de una descarga. Mi marido me miró horrorizado y trató de sacudirse de las ropas de aquel efluvio con que nos impregnó a los dos.

—¡Malnacida, todavía te las arreglas para andar en trasiegos con las tinieblas!

De una guantada me abatió sobre el tálamo y trató vanamente de atrapar con sus manos aquel aliento lóbrego que había dejado Octavio tras su disipación.

—¡No es lo que crees! —grité enardecida, clavando con fuerza mis uñas en las palmas de mis manos—. Es mi guía espiritual que ha venido para alertar que no hagamos el viaje de regreso por tu bien y el mío.

—Vámonos, antes de que me arrepienta y te acabe de entregar a la gente para que te linchen. ¡Bruja!

# XLV

Emprendimos el viaje de regreso en contra de mi parecer. Nos fuimos en un carruaje conducido por Olegario, íbamos los dos sentados en el sitio del conductor. Yo cubrí mi cabeza con un chal azul y así mantuve oculta parte de la cara; de todas formas, la muchedumbre me adivinaba por mi silueta y se persignaba al vernos pasar.

—Ahí va Soluna, la encantadora —gritaban, echando rodilla en tierra luego de santiguarse. Los que no se atrevían a vociferar, me observaban con curiosidad. No sentí miedo, estaba dispuesta a enfrentar a la gente, al destino, a Olegario, a lo que llegase imprevistamente con tal de escapar de aquel estado de cosas. La malaventura que me cubría era peor que la angustia que llevaba dentro, solo me rodeaba la miseria más compacta.

Apenas podía dormir por el desvelo y las alucinaciones, me mantenía presa de una excitación perpetua, aunque tratara de aparentar calma enfrente de los demás, mi vida era una falsa, estaba presa en una ratonera en la que todos se afanaban en acorralarme, no tenía adónde ir. La enfermedad y el quebranto, a pesar de la existencia que llevaba en la casa de Olegario, no se apartaban. Apenas podía comer sabiendo que a los demás les faltaba un mendrugo para aplacar su hambre… era una pecadora, amaba a un hombre contrario a la causa por la que luchábamos, me había entregado al alcalde para mejorar mi vida y las de unos cuantos. Mi conciencia me espoleaba a cada momento, incriminándome por mi falsedad, mis desatinos y mis dobleces. Quienes antes me querían, me miraba con ojos expectantes, trataban de entender.

A la salida del Collado vimos chozas recién erigidas con hojas verdes y ramas. Algunos soldados que nos siguieron un tramo, contaron que en diferentes partes de la Isla ocurría la misma historia de sufrimiento y muerte por parte de los desvalidos reconcentrados. La comida se suministraba irregularmente y consistía en las sobras de las guarniciones militares.

Decenas de personas extenuadas, enfermas y cayendo, se movían como fantasmas por los trechos de las pequeñas aldeas por donde pasábamos, a la busca de limosnas, recogiendo migajas y muriendo con frecuencia en los linderos.

Olegario contó que las chicas jóvenes comenzaron a venderse a los soldados españoles y a los civiles por un trozo de pan, alguna medicina o ropa.

—El soborno juega un importante papel en el tratamiento de aquellos que dispusieran de algún «bien» considerado de utilidad, y los comerciantes del mercado negro, forjan sus negocios injustos llenos de lubricidad y desvergüenza, abasteciendo a los reconcentrados con más solvencia, a cambio de objetos de valor.

Yo comenté que, a pesar de las malísimas condiciones de vida en los fosos de Reconcentración, los campesinos lo consideraban menos terrible que permanecer en los campos. El simple hecho de ser sorprendidos en ellos, en sus antiguas moradas, o dándole protección a los insurrectos, significaba una muerte segura.

Concluí diciendo que los campesinos emulan con otras épocas, en que los nativos tuvieron que ceder su espacio a los conquistadores y huir a lugares inaccesibles. Ahora buscan las partes más abruptas de las montañas, bosques, pantanos, donde no corran serio peligro.

Olegario, a pesar de ser el alcalde y responder a los intereses del gobierno, en nada estaba de acuerdo con lo que sucedía, era un librepensador que me había tomado como esposa, incluso enterado de la malquerencia de algunas comadres del pueblo. Él juzgaba con ojos propios y, para su mal —consideré sinceramente—, no era yo la esposa que él necesitaba. Pobre hombre, me dije, pero me abstuve de expresarlo. Esto provoco en mí una crisis de conciencia, me culpaba, hundiéndome más en el pesimismo.

Mi deseo era irme tras el Capitán. Si seguía al lado de Olegario era por la protección que me ofrecía. Era yo otra más de las que entregaban su vida a cambio de algo. Me odié con todas mis fuerzas. Pero, si me iba de su lado, me entregaría a una muerte segura, y yo amaba la vida más que todo. Era una más que vendía su cuerpo para continuar con vida.

No era Olegario de mi desagrado, como hombre me devolvía las ganas de vivir, pero le estaba traicionando de la forma más vil, siendo espía de los mambises y opuesta a la causa que él profesaba. ¿Así yo pagaba su generosidad? Me consideré la mujer más villana.

Los mambises, aun sabiendo que era la alcaldesa del pueblo, recibían mis socorros y mis pesquisas, pero en lo más profundo desconfiaban de mí. Los españoles, me miraban con ojos recelosos, por ello me convertí en alguien poco creíble, esto hacía que incluso yo misma me despreciara. Si los cubanos me consideraban una agente de los españoles, de la que debían cuidarse, y solo me utilizaban para recibir mis informes, sin dar crédito ni saberes a esa extraña mujer, también los españoles rehuían mi trato, por considerarme una confidente de los mambises.

# XLVI

En nuestro viaje de regreso vimos con dolor que el campo, más allá de los puestos militares, estaba prácticamente despoblado. Cada casa había sido quemada, los plantíos cortados de raíz, los campos de caña barridos por el fuego, y destruida cada cosa que servía de alimento... No vimos ni una señal de vida, salvo un ave de rapiña ocasional. El campo envuelto en un silencio de muerte.

Al paso de un puente sentimos unos quejidos y Olegario insistió en detenerse para ver. Una mujer temblaba de fiebre, me erguí desde mi asiento en el volante deseosa de escudriñar su cara. Era de un color ambarino con ojeras rojizas y temblaba sin tregua, enseguida intuí que se trataba de la fiebre de los pantanos. ¿Cómo pudo llegar hasta aquí, en medio de un campo deshabitado? Con seguridad sus familiares la habían abandonado por miedo al contagio. Un charco de agua turbia, lleno de larvas, le servía de sustento. Una multitud de insectos rodeó a mi marido cuando intentaba moverla.

Le lancé algunos rezos y le hicimos tomar agua de la que llevábamos, también le dimos algunos alimentos. La conducimos hasta un puesto sanitario. Allí la dejamos, para continuar viaje. Olegario comenzó a quejarse por la multitud de picadas de zancudos que llevaba en los brazos y la cara, yo no fui picada, estaba protegida por el hálito de los henos bienhechores con que fregué mi cuerpo antes de salir. El aspecto de Olegario era excelente y dijo sentirse bien, aunque temíamos que podía haberse contagiado. Todo el tiempo la pasé en un estado de aflicción que me impedía hablar, remordimientos de conciencia muy diversos me fustigaban. Continuamos el camino en silencio.

# XLVII

A ún el alcalde de Güines no se había marchado, después que había visitado los pueblos de Nueva Paz en nuestra ausencia, y nos dijo cosas muy desalentadoras.

—El sufrimiento de la población es enorme, a pesar de ello el amor a la causa independentista no conoce límites entre los sufridos. Estas medidas restrictivas y sin fundamento, pretenden ahogarles en la miseria, pero exacerban sus sentimientos de odio contra quien los condena a ese estado de suplicio. Los campesinos que han logrado salvarse, luchan con sus instrumentos de trabajo cuando de defender su honra se trata, o sirven de observas a los insurrectos; las mujeres dan ejemplo de valentía, y los niños apoyándoles. En las ciudades —continuó con estas observaciones, muy en contra de los ideales que representaba—, los más pudientes, llenos de humanidad, se disponen a auxiliar a los reconcentrados, hay otros que los culpan, y por tanto son acusados de entreguistas a la causa libertaria. Valeriano Weyler, ha manifestado en uno de sus correos a la ciudadanía, impreso en los periódicos que alguna vez nos llegan desde la capital, que los insurrectos cubanos son unos fantasmas impalpables cuando se les busca y les conviene ocultarse; sus recursos son carne y viandas, los campesinos se los suministran, también la sal que extraen del mar; sus ropas, en gran parte las obtienen de la población, mientras sus armas llegan por la costa; y, por ello, se aplican estas medidas en su contra.

Yo les miraba conversar sentados en el portal, pero continué muda por mucho tiempo. Meditaba en nuestro viaje de regreso reviviendo el padecer humano que había visto, caí en un estado de abatimiento que menguaba mis fuerzas y mi energía, aquel viaje que prometió resarcir mis fuerzas no sirvió más que para apocar mi energía. Un pensamiento lóbrego rondaba como un ladrón en noche oscura dentro de mi cabeza ¿Qué quiso decir Octavio cuando me advirtió que me cerrara a los cuatro vientos?

Este había sido el resultado de nuestro viaje. Volvimos más dolidos que antes.

# XLVIII

Cuando por fin se fue el alcalde de la ciudad de Güines, Olegario aún estaba sano de cuerpo y alma y eso me consoló. Quizás las picaduras de los insectos que rodeaban a la mujer y que él se empeñó en cargar, fueron inofensivas.

Al día siguiente acudí al hospital de campaña, pese a las advertencias de Octavio de no exponerme ante la gente. Allá me puse al tanto de algunos sucesos que habían acontecido en mi recorrido por los campos y mi estancia en el Collado.

Algunas jóvenes de las que diariamente andaban a la deriva por el pueblo haciendo favores a cualquiera, a cambio de mendrugos, incluso aunque estuviesen embarazadas, por fin dieron a luz en medio de las mayores tribulaciones. Tres de ellas habían traído al mundo criaturas contrahechas y de cabeza tan pequeña que daba consternación mirarles. Algunas parieron niños a los que les faltaban miembros, y otras concibieron pequeños cadáveres, los cuales era una miseria observar.

Hombres y mujeres asiduos de la parroquia, sitio a donde fueron llevados estos infantes por las autoridades eclesiásticas para examinarles mejor, siendo sumamente ignorantes y repletos de supersticiones, entendieron aquello como una señal perniciosa. Una multitud de gente desguarnecida y asustada desfiló con morbosidad para ver esta desgracia colectiva.

Las comadres, en su afán de distraer los días con el infortunio ajeno, comenzaron a cuchichear y a tejer insólitas conjeturas sobre el origen de las imperfecciones de los recién nacidos, cada cual más descabezada. Baste decir que en muchas de estas murmuraciones se pronunciaba mi nombre con mucho ánimo.

Los padecimientos que diezmaban a la población, el hambre y la extenuación severa, eran la procedencia segura de estas anomalías. Pero, por más que el médico del pueblo les explicó, la gente siguió murmurando cada vez más. El padre Valero, que sustituyó a Segismundo, comenzó con igual espíritu medieval a dar cabida a estas patrañas, y hasta se habló de alianzas con el diablo.

Al comenzar a mencionarse al Maligno en las misas, a divulgarse declaraciones de señoras que juraban haber sido tentadas por él, y las autoridades a pregonar que serían perseguidos y castigados todos los actos de brujería o magia negra que se ejecutaran en el pueblo, en correspondencia con estas revelaciones, empezó a elevarse el número de mujeres —y hasta algunos hombres— que confesaban sentirse poseídas por un aliento oscuro.

Las infelices que dieron a luz aquellos niños contrahechos, juraron que eran criaturas herederas del Maligno. Las autoridades, luego de exhibirlos en la sacristía, les introdujeron en unas redomas con persevantes para que fueran examinados por unos cirujanos escogidos al efecto, todo supervisado por el pronuncio Manuel Rivales de la Puerta, inquisidor mayor. Después de haber decidido infinidad de casos similares, sus aseveraciones y teorías sobre el ocultismo y la brujería eran tenidas como dogmas.

Las chicas se deshicieron con prontitud de los niños que aún permanecían con vida, opinando tal vez que así se verían libres de críos enfermos que apenas podían atender o alimentar, y, a pesar de que ellas mismas les entregaron para ser cercenados, también fueron desterradas a la capital. Algunas ancianas que padecían de accesos de melancolía, locura senil y otras dolencias propias de los longevos, comenzaron a ser enjuiciadas también. El número de casos de gente maligna creció como la mala hierba.

Lo peor de todos estos sucesos fue que mi marido, a la semana exacta de regresar de nuestro viaje, comenzó a sufrir unas calenturas de las que no se podía desprender, se sumergió en un delirio de muerte. Sus carnes se cubrieron de unas lacras rojizas, todo su cuerpo quedó entelerido, y esto me hizo suponer que estaba contagiado con la fiebre de los pantanos.

# XLIX

Una noche, agotada por el esfuerzo de bajar las fiebres de Olegario y hacerlo tomar alimentos, me había quedado dormida sobre una mecedora, y en ese momento sentí unos golpes fuertes en la puerta. Me asomé por los visillos y vi al párroco recién llegado al pueblo, seguido de unos oficiales del ejército. Decidí abrirles, para averiguar el encargo que traían a esa hora. Entonces, sin más ni más, me apresaron, y me condujeron a la fuerza hacia una de las celdas del cuartel.

Se me acusó de manipular fuerzas ocultas con el único fin de embrujar al alcalde y hacerme dueña absoluta de sus bienes, incluyendo los heredados de su antigua mujer. Y también de renunciar a la fe cristiana, rindiendo culto al Anticristo, a través de la persona de un Capitán español insepulto.

En el juicio al que me sometieron los prelados, argumentaron que existía una clara distinción entre los distintos tipos de magia según la intención a que condujeran. Que ponderaban a la magia benéfica que muy a menudo se realiza públicamente, y es considerada necesaria e incluso existían sacerdotes muy bien dotados que eran encargados de esta diligencia.

En cambio, la magia realizada con fines maléficos debía ser combatida, y ese era mi caso. Esta magia nociva que conducen hechiceras ocultas, había condenado a la mujer más digna del pueblo, la señora Narcisa Acuña, a la muerte por sufrimiento, y al padecimiento a mi marido actual, el señor alcalde Olegario Sequeira.

Quedé asombrada con estas argumentaciones y las negué con rotundidad, exponiendo mis propias convicciones y negando mi trato con las fuerzas del mal. Por ello, fui conducida de nuevo a la celda de castigo, decretándose que a la mañana siguiente se efectuarían los métodos cristianos establecidos para hacerme confesar.

L

El mismísimo obispo diocesano fue mandado a buscar desde la Villa de San Julián de los Güines, llegó hasta el pueblo para hacerme proclamar mi consorcio con el demonio y mis amores con un Capitán poseído por este. Toda la noche la pasé despierta en mi calabozo rogando a Dios porque aquellos cargos fueran abolidos.

Ninguno de mis conocidos vino a visitarme. Quizás Nahyr, ignorante de los lastres que pesaban sobre mi espíritu agobiado por las falsedades y los agravios de gentes a las que siempre socorrí, hubiese llegado en mi ayuda, pero no había forma de que estas referencias llegaran a su apartado Babiney.

Mi marido, según expresaron los soldados, deliraba y se retorcía atacado por unas calenturas misteriosas que ningún remedio lograba hacer retroceder. Todos en el poblado, incluyéndole a él en sus momentos de lucidez, testificaron ante los prelados, diciendo que fui yo quien le embrujé para quedarme con su patrimonio.

Con la aurora llegaron unos soldados y encadenaron mis manos a la espalda, sellando mi boca con un vendaje, así me transportaron hasta un andamiaje que levantaron frente a la plazuela mayor del poblado, donde existía una especie de abrevadero cimentado. Era una cacerola monumental, de las que utilizaban para espumar las melazas en los ingenios, la habían dispuesto como masera para dar de beber a los pobladores, allí desaguaba un manantial abierto en la roca.

Habían emplazado, delante de la cacerola, un insólito artilugio de hierro, una especie de estaca que en el vértice tenía incrustada una roldana por la que se deslizaba una cuerda gruesa, de su punta pendía una variedad de butaca entretejida con varillas de hierro.

Todo el pueblo concurrió para presenciar el tormento, habían emplazado sillones y butacas, para distribuir según el individuo que le acomodara y su linaje. Las comadres perpetuamente acicaladas con sus vestiduras retintas y sus caras tortuosas, permanecían allí deseosas de ver aparecer sobre mi cabeza en cualquier momento algunos demonios perversos. Detrás de ellas, sus esposos y los oficiales gubernativos, y en el fondo el populacho, algunos pocos reconcentrados, remisos a las ordenanzas que también les abrumaban, acudieron a presenciar mi vergüenza.

Me sujetaron a la fuerza en la butaca de hierro, luego retiraron las ataduras y sellaron con candado la extravagante silla. Fui izada hasta lo alto, dos hombres inmovilizaron la soga para que allí me mantuviera. Y el obispo diocesano expresó con voz cadavérica, como salida del fondo de una sepultura:

—Un método infalible para detectar a una bruja —señalaba hacia mí—, ellas se resisten al agua y pérfidamente huyen flotando, cuando se les trata de ahogar. Por eso, en vida pernoctan lejos de las charcas. Este es un proceso probado desde tiempos antiguos, para descubrir a una bruja: «La ordalía del agua». Si la acusada se hunde y sucumbe ahogada es inocente. Si flota y no se hunde, es una bruja. Así que ya saben, ustedes son los testigos de este escarmiento en que saldrán a flote los males de Soluna. Otra prueba que tenemos en su contra es que antes de ir a una reunión, las brujas se untan parte o todo el cuerpo con un ungüento, y una vez untadas, se transportan con una escoba. Su mismo marido confesó que la vio ejecutando lavatorios con hierbas repugnantes antes de regresar de un viaje a su antigua morada. Otra prueba, es que Soluna desanda día y noche las calles del pueblo en su afán de mezclarse con los reconcentrados. Una mujer honrada jamás sale de su hogar, si no es para ir a misa o al mercado, y aún en esos casos, lo hace acompañada por un cuidador. En cambio, una característica de las brujas es que están siempre lejos de su casa, para tener libertad de realizar sus orgías y sus ritos diabólicos a escondidas de su esposo. Esperemos que este pequeño servicio social que ahora les presentamos los mantenga a salvo de la obscenidad y maldad de las brujas. Delante de nosotros tenemos a una señora que fue acogida años atrás por el padre Segismundo, para que le asistiera en sus ceremonias cristianas y para favorecer a las muchedumbres despojadas en su malestar, que fue agradecida multitud de veces por el destacamento militar aquí emplazado, que fue recibida con aquiescencia como cónyuge de nuestro venerado señor alcalde y, pese a todas estas franquicias, traicionó a los que se aproximó, sustrajo la pujanza y el aliento de quienes le amaron, haciéndoles caer. Transportó el alma del padre Segismundo, sabrá Dios hacia qué espacio de los infiernos, y así, el necesitado párroco ha seguido insepulto, a la expectativa de que su espíritu more en él de nuevo y pueda concurrir ante la presencia de nuestro creador; por causa de Soluna, no ha conseguido acoger cristiana sepultura, nadie sabe a qué hechizo ella apeló para que el féretro se volviera inamovible. Otra muestra de su maldad es lo sucedido a Narcisa Acuña, esposa del alcalde, a la que en pocos días despachó también. Por último, hoy el señor Olegario desvaría por su causa, pues acudió a infrecuentes embrujos para rematarle con el fin de quedarse con toda su fortuna... ¡Ingrata, todos te protegieron, todos confiaron en ti! ¡Y mira cómo les pagas, embrujándolos, sometiéndolos a tus aberraciones! ¡Dejándolos incluso sin sepultar! ¡Diabla maldita, embaucadora, hálito del mal! Declara ya, frente a todas estas personas dignas y respetables de este pueblo, que eres acólita del Anticristo, que te congregas con él en la madrugada cuando reencarna en ese capitán fallecido. ¡Confiesa!

## LI

Miré a lo alto. Grises nubes circundaban los cielos, y una fría llovizna comenzó a caer. Hacía casi un mes que llovía, un escalofrío recorrió mi cuerpo. Un trueno retumbó en lontananza. Entonces, vimos cruzar, por encima de una pequeña colina rocosa, una ola de agua tan colosal que hizo silenciar de repente la arenga del cura, el cual, alzando su sotana hasta el nivel de las rodillas, comenzó a retroceder sigilosamente, la tropa también se replegó alarmada, la muchedumbre echó a correr lanzando chillidos y clamores para poner a buen recaudo sus pocos bienes, las elegantes señoras del pueblo lanzando palabrotas se tomaron de la mano de sus maridos, mientras el torrente llegó hasta nosotros, cubriendo la silla y siguiendo su tránsito inalterable hasta inundar todo el terreno aledaño.

Yo sonreí, agradecida. Había vuelto la cañada que cada otoño empantanaba los terrenos del poblado.

# LII

El pueblo de San Nicolás fue construido sobre una quebrada por donde aliviaban sus aguas los manantiales de las montañas del Norte, torrente que corría impávido cada otoño, arruinando las siembras, destrozando los cercados y anegando las casas hasta hacerlas inservibles, para luego destilar su humedades en los cenagales del sur. La cañada, como le llamaban los lugareños, era una molestia con la que debíamos cargar.

Para sorpresa mía, el presbítero, volviendo de su huida e invocando a los demás para que le escucharan, soltó su sotana y, elevando las manos al cielo, gritó:

—¡Perdónennos las huestes celestiales por la herejía que íbamos a cometer, esto no es más que un castigo por encarcelar y pretender ahogar a una mujer inocente! —Arrancó el rosario de su cuello y comenzó a invocar a una hueste cuantiosa de apóstoles anónimos.

Los soldados retrocedieron atemorizados, el agua llegaba a sus rodillas y continuaba subiendo, por lo que creyeron que era realmente una maldición o un encantamiento, se volvieron hacia su jefe, el cual dijo que, a pesar de todo, se llevaría a cabo el martirio.

—Soy un sensato oficial español y no le temo a las brujas. —Sus manos temblaron y ahuyentaba la mirada como si yo fuera una fiera a punto de lanzarme sobre él.

Acto seguido hizo una contraseña a dos hombres encubiertos y, por las hendijas que dejaban las barras de metal, introdujeron unos carbones encendidos y los pegaron a mis pies, lancé un chillido de dolor que provocó que la muchedumbre me mirara con más aplicación retrocediendo en su corrida y lanzando al unísono un soplo de sorpresa. Esto lo realizaron reiteradas veces y, al ver la sangre que emergía y mi flaqueza, debida sin duda al sufrimiento, gritó el prelado:

—¡Sumérjanla en la caldera!

Fueron bajando la silla lentamente, así me sumergieron y, aunque mis pies se aliviaron, creí que moriría ahogada, esto fue repetido muchas veces, y cada vez resurgía amoratada, sin resuello y medio asfixiada, entre toses y quejidos. Me pedían que declarara. Sin embargo, no teniendo nada que confesar, yo seguía en silencio.

La muchedumbre, con el agua a la cintura y las ropas empapadas, persistían en contemplar mi agonía.

—Sumérjanla y déjenle ahí para que el demonio que le reside sucumba con ella.

Fueron descendiendo lentamente la silla, y cuando juzgué que perecería ahogada, se dejó escuchar la voz de uno de los representantes de mi esposo que gritó:

—¡Paren el suplicio!

Una exclamación de asombro recorrió la multitud.

Mi marido, Olegario, traído en andas por sus peones, estaba allí. A través de las palabras que dijo al oído de su apoderado fue dando a conocer su sentencia sobre lo que pasaba. Yo le miraba extenuada sobre el armatoste, mis pies ardían, mi pecho punzaba como si me lo estuvieran comprimiendo, y la tos y la impotencia no me dejaban erguir la cabeza, ni atender con exactitud a sus palabras.

Dijo, entre otras cosas, que se estaba cometiendo una iniquidad garrafal, porque Soluna jamás lo embrujó ni deseó su mal, ni el de su estirpe, que su mujer había muerto de unos padecimientos que arrastraba desde niña, y que él sufría del mal de los pantanos, ya que apoyó en su propio regazo a una mujer enferma. Bajo su autoridad —dispuso— me llevaría de vuelta a casa, para que de allí no volviese a salir, ni causara el pánico de las gentes o las habladurías de otras mujeres.

Sin saber explicar cómo, debido a mi incapacidad, fui exonerada luego de muchas reflexiones y altercados entre el Alcalde y el Obispo Diocesano, hasta que, al fin, puestos de acuerdo, decidieron rescatarme del tormento, conduciéndome extenuada hasta la hacienda. Allí permanecí postrada por más de un mes. Las quemaduras se infestaron y no hubo médico que quisiera asistirme, yo misma me apliqué como pude los bálsamos que tenía a mano y poco a poco recobré en algo mis fuerzas.

# LIII

«No soy una bruja, una y otra vez me veo dentro de aquel pavoroso armatroste erigido para hacerme confesar algo que no cometí. Cierro los ojos y me veo sumergida completamente en el agua y sin derecho a respirar, me falta el aire y parece que voy a morir. ¡Vete lejos de mí, espantosa pesadilla! No codicio dormir, parece que nunca voy a despertar. Pero el mal sueño que anhelo desechar vuelve a molestarme. Deseo suprimir de mi ensueño la lúgubre escena; pero, desfila una noche tras otra, y el suceso no se extingue. Yo, que en tantas ocasiones he afrontado sin pestañear los mayores peligros, hoy tiemblo: mi cuerpo se conmueve y un helado sudor corre por mi frente. Los pies van teñidos de sangre por las quemaduras… arden, están en sangre viva, la fiebre no baja y no encuentro ayuda, cierro los ojos para no ver lo que pasa delante de mí.

»Esos jornaleros de Olegario me miran con obstinación y recelo a toda hora, sus semblantes se iluminan al contemplar mi dolor. Estoy exánime, no me puedo mover. Siento un frío mortal. A la luz de las velas veo algunas caras siniestras; una sobre todo, lívida y hosca que expresa un odio superior a todos los resentimientos, la de Olegario. ¡Cómo brillan los cañones de los fusiles! ¡Los soldados en la plaza apuntan en silencio hacia mí! Todo está preparado, y no falta más que una palabra: mi voz confesando lo que no fue. Trato de pronunciar la señal: "Soy una bruja". Me muerdo la lengua. No, esa palabra no saldrá jamás de mis labios. No soy una bruja.

»Vete lejos de mí, negra pesadilla. Estoy en medio de la plaza rodeada de gente que me denigra, estoy aislada en una silla de inmersión. Cierro los ojos, aprieto los párpados con ímpetu para taparlos mejor, y cuanto más los tapono más me veo allí, escarnecida, injuriada...

»Una mujer más, sin defensa alguna, sin derecho a levantar la voz. Horrendo cuadro. Se burlan de mi impotencia, de mis manos que palpitan, de mis ojos aterrados, quiero huir, pero no puedo. Esperan que aguante más, se complacen cuando ven a una mujer padecer así, se alborozan con mi tortura... están ávidos y vociferan más, más, más... claman con todas sus fuerzas para que me extinga de una vez y emerja mi cuerpo ahogado a la superficie, ningún tormento es comparable al que disimula mi aliento, rebelándose contra esa ley que me obliga.

»El tiempo pasa, y los ojos de mis jueces engordan atascados por el encono, los ojos de la muchedumbre embelesados por mi dolor, los ojos de mi marido... ojos, ojos, solo veo ojos cuando cierro los míos. Más vale no dormir, elijo el insomnio como tortura. Ya no hay nada más que transgredir, y lo que recuerdo no parece algo irreal, se confunden en mi memoria los hechos vividos y los soñados».

# LIV

La cañada por fin arrasó y empantanó casi todo el pueblo, los vecinos después de poner a salvo algunas pertenencias en las barbacoas que poseían casi todas la casas, fueron hasta la mía a dar enhorabuenas y manifestar su júbilo por mi salvación, yo los miré de manera suspicaz y sin ánimo para conversar, debilitada por tan inhumano tormento.

Al mes, me puse en pie nuevamente, algo restablecida, mi marido envió una sirvienta para que me ayudara a higienizar y cubrir, luego pidió que me presentase ante él. Allí emergió el resentimiento más enfermizo y dijo, entre otras cosas, que si me rescató de aquella vergüenza, había sido para que su decoro quedase incólume y jamás gente alguna desconfiara que se había casado con una auténtica harpía, aunque estaba persuadido de mi suerte de bruja, que sabía a ciencia cierta que no le deseaba, él mismo presenció mi felonía, pues me escuchó trabar coloquio con el Capitán, por eso en lo adelante residiría en una habitación que había mandado a acondicionar junto a las establos, bajo vigilancia de sus hombres, y que de allí solo podría salir con su beneplácito.

Este anuncio me derrumbó. «Ya buscaré el modo de vengarme de su indolencia», me dije —y así fue—.

Olegario desplegó sobre mí un resentimiento enfermizo. Salió a flote el rencor más brutal. La gente del pueblo jamás volvió a buscarme para remediarles sus dolores. Cada jornada erraba por los patios de la finca campestre donde vivía, tratando de alimentarme con los soplos divinos de la naturaleza, y esto hizo en parte que mi ánimo no decayera, mis días estaban contados allí.

# LV

Una mañana Olegario despertó más tempano que de costumbre, dio un largo bostezo y tuvo un sobresalto. Luego de mirar en torno y comprobar que todo seguía en su sitio, respiró tranquilo. Su ánimo estaba maltrecho por «esa desgraciada de Soluna», como solía llamarme en los últimos tiempos.

Los propósitos en la alcaldía y dentro del pueblo no marchaban como era debido y la gente transgredía sin juicio su forma de vida habitual. Este pensamiento lo llenó de alarma, prefirió descartarlo. Nada de andar acunando maléficas visiones. Pensar ciertamente, eso es lo que necesitaba.

Quiso caminar, pero de súbito su cabeza rebotó. Había chocado contra algo. Tras mirar detenidamente y comprobar que no existía obstáculo que impidiera su paso, fue extendiendo las manos hasta donde le era posible y comprendiendo que algo intangible y resistente al tacto paralizaba su avance. Sintió espanto. ¿Quién había imaginado, para su infortunio, aquella trampa?

Paralizado por el miedo quiso deslizarse hacia los lados, pero ocurrió la misma cosa. Cierta pared invisible le imposibilitaba revolverse con libertad en el espacio dejado por su cama. Una humedad contagiosa fue circulando por sus sienes, un espanto opresivo empezó a violentarle. Ten calma, se dijo, nada malo te está ocurriendo. No hizo caso al juicio, con obstinación fue reuniendo toda la energía de su palpitante cuerpo y se proyectó hacia adelante con el arrebato de un animal tozudo.

El golpe le hizo comprender que no estaba viviendo una pesadilla diurna, algo había magullado su frente causándole una inestabilidad momentánea que trató de ahuyentar aspirando con sumiso aliento. «No emplees la fuerza, Olegario, por algo eres el cacique de este lugar —se dijo, relamiendo cada letra y alisando sus cabellos mansamente—. Ándate con calma».

«El que es valiente no se rinde, lucha», gustaba repetir cada día al saberse gobernante del poblado. Después de haberla dicho para sí tres o cuatro veces, fue elevando su mano derecha, con un movimiento tan dócil que a los ojos de un extraño resultaría imperceptible, mientras murmuraba aquel embrujo aprendido de niño: «abracadabra, abracadabra...»

Olegario estaba esperanzado, e intentó dominar las sacudidas que se extendían desde el hombro hasta la mano. Por fin, concluyó su recorrido, y con verdadero espanto trasteó la superficie etérea, pero irrebatible, que le impedía a toda costa avanzar. Entonces, su cuerpo se derrumbó.

Debió de permanecer acuclillado por mucho tiempo, pues al despertar tenía las piernas entumecidas. El hombre se devanó los sesos. Siempre que algo malo le sucedía, buscaba una víctima a quien atribuir su mala suerte. ¿Quién podría ser causante de su desdicha? ¿A qué miserable se le habría ocurrido una burla tan macabra?

Quien primero vino a su mente fue Augusto, alcalde de la Villa de Güines, su enemigo más cabal. Tras aquella inspección con el esperpento de su mujer, las cosas empeoraron en casa, cuando el miserable propagó a los cuatro vientos que Soluna era una auténtica bruja.

Tras mucho cavilar recordó a Aquino, el hermano menor de su santa mujer, y aquel domingo de Pascua en que había determinado que todos los hombres del poblado trabajaran en el saneo de las calles desde la salida del sol hasta el crepúsculo, hora en que ofrecerían cualquier cosa con que falsear el hambre y continuar hasta las diez. El judas se opuso: «¿Crees, Olegario, que eres un dictador? No aguanto más. Me voy, te puedes quedar con todo».

¿Acaso su cuñado no entendía que no había un modo diferente de gobernar? Desde ese día, y por el bien de todos, se impidió mencionar el nombre del traidor, y hasta sus pertenencias se quemaron, para que de él no quedara ni una huella. No lograba razonar qué negra ocurrencia le había estimulado a marcharse. ¿Quién lo incitó?

Desde que Olegario fue nombrado acalde del poblado, había sacrificado sus mejores años para que todo prosperara, pero luego llegó Weyler con su sanguinaria Reconcentración y el pueblo se volvió una porqueriza de gente desesperada. En las calles se pasaba hambre, asolaban las epidemias. Aunque dentro de su hacienda, en las afueras del pueblo, ellos podían considerarse dichosos. Su clarividencia le había bendecido para que, por los siglos de los siglos, incluso después que murieran su anterior mujer, Soluna, y hasta él mismo, todo siguiera marchando como lo había planificado para bien de la comunidad que formaba con sus siete hijos.

Y repasó los dolientes destinos de su pueblo, San Nicolás de Bari, y la llegada de miles de campesinos de los campos para vivir a la intemperie o a expensas de la caridad de la alcaldía y de ciertos pobladores compasivos.

Pueblo tranquilo, hasta que extraños efluvios llegados con la Reconcentración, perturbaron el alma de sus pobladores. Fue en aquel verano de aguaceros mortecinos, en que la gente motivada por la idea sublime de encontrar remedios insólitos a sus apuros resolvió mudarse a las cuevas ubicadas a la entrada del villorrio.

Estaban ubicadas al norte y fue fácil para los primeros moradores, mover sus utensilios y menesteres caseros con sus propios recursos hasta las holgadas cuevas, para, luego de ponerse a buen recaudo, sonreír dichosos por la ocurrencia.

«¡A nadie se le pondrá la carne de gallina, cuando vengan los ciclones o los rabos de nube más pavorosos! ¡Ya no tendremos derrumbes, ni goteras cayendo sobre la cama toda la noche! ¡Podremos en adelante vivir tranquilos! ¡Basta ya de andar amontonados como perros, durmiendo diez o doce en un portal! Cuando los hijos se casen, habitarán las grutas más intrincadas, que para ese tiempo habremos explorado. Qué importa la poca luz, y con las ratas y los mosquitos estamos acostumbrados a convivir».

Enterado de estos sucesos, Olegario llegó a la hacienda consternado.

—Soluna, esos indigentes se han insubordinado, se están marchando todos, ya no tendré a quien gobernar. Están muertos de hambre y de sed, la miseria más absoluta campea por su respeto.

—Vete de la alcaldía, Olegario, deja que otro se ocupe de esas tareas engorrosas como la de abastecer a una población desguarnecida, el país completo está en ruinas.

El hombre se sintió sacudido por mis palabras, pero no podía hacer milagros para que las cosas cambiaran. ¿Cómo yo podía sospechar lo que era ser un cabeza de familia? Día y noche inspeccionando el trazado de las tierras, la rotación de las parcelas, el apareo del ganado, los conflictos de afuera y los de adentro, lo que era más benévolo pensar, hablar, comer, la ropa que vestir. Tanto entusiasmo con que siempre vigiló el almacén que acumulaba los productos de la cosecha de su propia hacienda, o el depósito en la terminal de trenes con víveres para ser repartidos únicamente a la tropa acantonada en el pueblo y de la cual los restos eran tirados a los indigentes, dedicación que solamente él era capaz de cumplir, pues los reconcentrados no perdían ocasión de vigilarle para robar las provisiones.

Un día funesto llegaron los agoreros pronosticando una hambruna peor de la ya tenida y él, en su labor de alcalde de aquel pueblo malcomido por las penurias que habían desatado los bandos de Weyler, se magulló las sienes, corriendo a la hacienda espantado para contar lo ocurrido.

—No seas estúpido, Olegario —contesté, furiosa—. La mezquindad te está envenenando, no ves que en tus tierras posees, sin que nadie lo presienta, un cobertizo con los productos de la única hacienda que produce en los alrededores... ¡Avaro!

Nada hay que temer, pensó Olegario, determinando que en lo adelante se racionaran a la mitad los cultivos. Me las arreglé a duras penas. Los siete hijos de su anterior mujer, unos sinvergüenzas que jamás movieron un dedo para cambiar las cosas, y que solo se limitaban a servir de comensales y alcahuetes a su propio padre, sin jamás contradecirle en algo, todos con la idea fija de ser sus beneficiarios; se contrajeron de indiferencia.

Nadie replicó, únicamente yo. Las reservas de comida y el dinero guardado eran descomunales y esto servía de consuelo, ya podrían venir perores tiempos, que ellos no perecerían como aquella banda de indigentes piojosos que pululaban por las calles del poblado.

Continuaban llegando las malas noticias. En el resto de las poblaciones se padecía de una penuria descomunal, y Olegario decidió guardar un cuarto más de lo convenido. El almacén que regentaban sus manos austeras, estaba atiborrado, y hubo necesidad de construir otro contiguo al anterior, que en poco tiempo estuvo colmado.

El hambre crecía dentro y fuera de la hacienda, apenas tenían que comer, Soluna y sus hijos vestían harapos y la casa se desvanecía ruinosa, mas Olegario sonreía orgulloso, a pesar de estas calamidades eran los más ricos de todos los alrededores.

Una mañana al despertar descubrió furioso que los reconcentrados del pueblo habían penetrado en sus tierras y saqueado todo lo que pudieron: comida, cerveza y cobijas para el invierno. Y lo peor: sus siete hijos se habían unido y escapado con aquella maldita gente. Olegario lloró, no era justo, no merecía tal suerte.

El alcalde decidió protegerse, y para ello fue tendiendo una alambrada de púas a todo lo largo y ancho de la hacienda. Ya vería cómo cobrarse el agravio, rumió para sus adentros mientras hincaba cada estaca, daba peso a los contrafuertes, extendía los bramantes.

—¿Olegario —le pregunté—, te has dado cuenta de que San Nicolás es un pueblo mudo? Se han comido hasta los pájaros.

—Extrañas dietas las de estos salvajes, comen culebras, tiñosas, el otro día entré a una cueva y se estaban comiendo unas arañas tostadas… creo que las saboreaban con placer.

Olegario, dentro de su envoltura milagrosa, pensaba con triste complacencia en todos estos desastres y, a pesar de su tortura, su cara se iluminó olvidando por unos instantes su destino de insecto confinado ¡Eso es lo que merecen!

En ese instante me vio entrando al cuarto, y quiso gritarme para que supiera de su desventura, tenía la certeza de que yo abandonaría todas mis ocupaciones habituales para socorrerle dentro de aquella envoltura que cada vez se plegaba un poco más, pero solo me limité a mirarlo y darle la espalda.

Mi gesto lo entristeció, pero luego se dijo: «Olegario, nunca fuiste hombre de andarte con lastimeras de poca monta, porque "quien es valiente no se rinde, lucha".» Y para demostrar que era un hombre merecedor de aquella hermosa consigna, comenzó a manotear y lanzar patadas contra el revestimiento. Al rato de estar gesticulando de manera tan inusual estaba consumido y el aire empezó a faltarle.

«Descansa, hombre —caviló—, ya Soluna se dará cuenta de que faltas de casa y vendrá en tu ayuda. ¿Por dónde andará esa bruja que no acaba de venir a socorrerme?» Cada vez respiraba con mayor dificultad, levantó los brazos para ensanchar el pecho, así el aire entraría a borbotones en sus pulmones, pero sus manos estremecidas chocaron de nuevo con la pared que para su horror había comenzado a encogerse.

La extraña cápsula se achicaba a cada instante. Apenas podía mantenerse acuclillado, en ese instante entré de nuevo al cuarto con una escoba hecha con pencas de guano seco y comencé a barrer. Aterido de espanto ejecutó todos los aspavientos que pudo para llamar mi atención, pero nada consiguió. ¿Se estarían olvidando de él?

No, no podía ser. Aquello era una visión de su cabeza acalambrada. Pero, la diabólica envoltura siguió plegándose inconmovible.

Al atardecer de ese día, Soluna lo descubrió y, luego de mirarlo detenidamente, persuadida de que no era más que una gigantesca vaina con una única semilla que podía tornarse letal, de un escobazo lo echó a la basura.

# LVI

En la madrugada siguiente, cuando todos dormían en la hacienda, sin más aditamento que la ropa que llevaba, me fugué hasta el sitio donde me esperaba un explorador y allá me fui, libre de nuevo mi alma de los sentimientos de odio y oscurantismo que la asfixiaban.

Fue en ese amanecer que me sentí con pujanzas para realizar una larga caminata, el día antes había enviado un aviso a los insurrectos del regimiento Palos, los cuales se mostraron perplejos por recibir a la misma alcaldesa del pueblo. Además de mí, otras cinco mujeres servían a las tropas que operaban en la zona.

Dicen que la cólera de mi marido fue infernal cuando pudo librarse de la envoltura y descubrir que me había marchado. Dictó dos bandos. Uno decía que quien ofreciera pistas de mi paradero sería recompensado, pero al paso de los días y no encontrando ningún informante fidedigno, entre los muchos que se aparecieron ante él a reclamar lo prometido, tras seguir muchas pistas falsas que jamás coincidieron con el sitio en que yo pernoctaba, dictó un segundo bando, para ofrecer veinte duros a quien trajese mi cabeza ensartada en una lanza. Basta decir que, en el sitio donde yo me escondía, jamás iban a hallarme.

El regimiento Palos operaba en la zona sureste de La Habana, y su táctica de guerra era la de desgastar a las fuerzas del gobierno peninsular con ataques a sitios distantes de la geografía habanera, algo que, junto con su constante movilidad y sigilo a la hora de escoger sus objetivos, les hacía prácticamente incapturables.

En los campamentos que mudaban cada tres o cuatro días, yo hacía de todo, cocinaba, servía de misionera en pueblos donde no me conocían llevando mensajes, preparaba vendas y medicamentos con que auxiliar a los heridos. También tejíamos hamacas y moldeábamos utensilios de barro para la cocina. Llevaba una vida muy variada, y el constante movimiento hizo que se renovaran mis impulsos de optimismo.

A pesar de la crueldad y los estragos causados por sus medidas, Weyler no pudo frenar el desarrollo impetuoso de la guerra. Las filas del Ejército Libertador continuaron nutriéndose y sus jefes, oficiales y tropas, adoptaron nuevos métodos de subsistencia que les permitieron continuar las luchas por la independencia.

# LVII

Supe un día la noticia. La brutal política de exterminio aplicada por Weyler no había hecho menguar al Ejército Libertador ni el apoyo del pueblo, en especial de los campesinos, a la causa independentista.

Tras múltiples arreglos y protestas del exterior, España se vio obligada a sustituir a Weyler con su atroz genocidio, en noviembre del año mil ochocientos noventa y ocho, por el general Ramón Blanco Erenas. El nuevo capitán general de la Isla, dictó un bando militar que derogó los que habían establecido la Reconcentración, con el objetivo de suavizar la situación y crear condiciones favorables para que la implantación del Régimen Autonómico en Cuba lograse que los mambises depusieran las armas.

Quedaba sin efecto la Reconcentración, legalmente, y los campesinos ya podían volver a lo que fueron sus moradas en los campos. A duras penas tratarían de remediar lo que era un hecho: Cuba había quedado devastada, los campos sumidos en una calma de muerte, sin arboledas, cañaverales, aperos, animales o casas que los recibieran. Lo que no quemó y destruyó la invasión, fue destruido y masacrado por Weyler, ¿Qué monstruo era aquel capaz de ensañarse con la hermosa Isla? ¿Qué mala fortuna había causado la ruina total de Cuba? ¿Quién daría cuenta de los cadáveres que vagaban sin dar respiro a sus almas?

El general Máximo Gómez lo describió en carta a Tomás Estrada Palma:

«[...] bien constituida la guerra en toda la isla, a España le es prácticamente imposible pacificar esto, aunque pudiera echarnos encima doscientos mil hombres. Mucho menos es, locura o necedad pretenderlo, contando con los restos enfermos y cansados que el ejército de Weyler ha dejado junto con las deudas por herencia a Blanco».

# LVIII

Todas estas noticias, lejos de alegrarme, me hicieron prever para todos los cubanos un futuro incierto. Y lo peor vino después. Olegario sabía ya mi paradero en el campamento mambí y había aprestado a todos sus peones para encontrarme. Cuando lo supe, tenía un solo lugar a donde ir, y en ese mismo instante me puse en camino, teniendo a la luna como testigo y cómplice.

# LIX

Con trabajo se movían rumbo al puerto. Eran escuadrones de muerte, milicias españolas que en el más absoluto silencio volvían a la Península. Iban cabizbajos, consumidos por la tristeza, las enfermedades y la evidencia de su exclusión. Un barro pegajoso ceñía sus botas para hacer más angustioso el movimiento por los adoquines. Un rayo alumbró brevemente sus semblantes crispados, y sentí compasión por aquellos que, sin honores ni glorias, tornaban a casa rendidos por la desgracia. Era un ejército vencido por las calamidades.

Habían llegado años antes con sus uniformes azules y sus insignias de gala, jurando conseguir la paz a cualquier precio, para devolver a España el poderío de antaño. Noventa y dos mil setecientos hombres hurtados de sus aldeas con la promesa de recibir una buena paga al licenciarse y ser acogidos al final de aquella contienda como héroes de guerra.

Los comercios cerraron sus puertas. Nadie pudo impedir que los habitantes de la ciudad los maldijesen mientras les arrojaban frutas podridas. El mando español dispuso que la retirada transcurriera en el mayor de los mutismos, muchos de ellos volvían atacados por el paludismo, la disentería, la tuberculosis y la sarna. La figura de aquellos soldados enfermos y abandonados a su ocaso se inmortalizó en la memoria colectiva.

En la oscuridad de la noche caminaban en pequeños grupos evitando la masividad en los embarques. No organizaron actos públicos para reconocer los enormes sacrificios que hubieron de enfrentar, al combatir a un pueblo casi sin armamentos, pero dispuesto a morir por su libertad.

Les esperaba una travesía difícil en pésimas condiciones, barcos que no poseían servicios hospitalarios, ni personal médico para atender a las huestes en sus más acuciantes necesidades. En cubiertas y bodegas se apiñaban sanos y enfermos en cifras muy superiores a las que marcaba la capacidad de aquellas embarcaciones, donde los menos enfermos atendieron a los imposibilitados y los moribundos eran echados al agua sin miramientos.

# LX

Entre aquellos que se retiraban como almas en pena, marchaba Octavio.

Recorrí bajo la lluvia decenas de kilómetros en la soledad de la noche tan solo por verle. Cuando pasaba por mi costado le hice un ademán y se apartó del grupo. Levantándome hasta la montura de su caballo me dio un beso y, a ciegas, cabalgamos un tramo, para que nadie pudiera sospechar nuestro encuentro. Mi amor por él era un pacto entre la vida y la muerte. Galopamos sabiendo que esta sería la última vez. Él debía partir para dar reposo a su cuerpo y a su espíritu, ambos cansados de vagar sin encontrar asilo.

Bajo una ceiba nos detuvimos. Octavio fue el primero en descender y me aferró con sus gélidos brazos ayudándome a bajar de la agrietada cabalgadura, acercó su boca a la mía y mordisqueó levemente mis labios. Percibí su aliento como un soplo helado que venía de recorrer infinitos espacios, luego sentí su cuerpo traspasar el mío como una ráfaga mortecina que me envolvió en un abrazo de muerte.

A pesar del frío y del miedo que sentía, no pude contener mis ganas por aquel Capitán deshecho por las guerras y las asechanzas de los cientos de cadáveres que abandonó a su mala estrella y que, en el último día, se empeñaban en seguirle.

Cerca de nosotros permanecían haciendo un ruedo, los jóvenes mutilados, las mujeres sacrificadas, los niños desfallecidos, los miles de adolescentes extirpados de distantes aldeas que se prodigaron a una causa infructuosa, sin conocer cuál sería el destino final de aquella batalla, guerreros insulares ávidos de desasirse de aquel estrujón de muerte y retornar a los campos en pos de otra contienda que los hiciera reencontrarse con la victoria. Todos envueltos en sucios jirones de sudarios.

# LXI

La guerra aún no había concluido, era solo un alto, con tal que tomaran un respiro aquellos soldados que durante la arremetida de Weyler hubieron de evacuar los últimos restos de sangre de su cuerpo para combatir contra un ejército triunfador de cientos de batallas.

Mis deseos por aquel hombre no tenían límites. Sobre la tierra agrietada circulaba una bruma espesa, con frenesí me arranqué las ropas afincándome sobre su vientre y nos fundimos en un trueque de caricias hasta que, agotados, tomamos un respiro. ¿Sería nuestra última vez? Me hacía esta pregunta mientras lo miraba depositar muy dentro de mí aquel destello que a ráfagas despedía su cuerpo. Un semen tan extinto como él.

Tenía la certeza de que luego de apaciguar mis ganas, me daría por vencida. Estaba equivocada. Mi sed por él, era insaciable, volví a besar una y otra vez su boca con aroma de cenizas. Él hizo un gesto a sus espectros para que se alejasen, y nos tomamos nuevamente.

—Llévame contigo. Olegario ha dispuesto sus peones para asesinarme, no tengo adónde ir; si me dejas, me estás condenando a una muerte segura —dije al final.

Él me miró con los ojos enquistados por la angustia, y por momentos me pareció que lagrimeaban. Luego de una pausa, contestó:

—Imposible, para llevarte primero tienes que morir.

—Ya estoy muerta, ¿no lo ves? Iré con el cura y conseguiré el perdón para tu alma, haré cualquier cosa, perderé la mía, pero abandona esas huestes y quédate conmigo. Si te vas maldeciré mi vida. Todavía tenemos tiempo de evadir el infierno.

—Voy en busca del Capellán de mi pueblo, debo recuperar la paz e irme tranquilo con mis antepasados. Estoy maldecido, jamás podrás cambiar los hechos. Cuando el párroco del Collado no quiso darme los sacramentos finales, tuve una visión, el infierno es un territorio deshabitado... cada hombre construye su propio infierno.

Secó la sangre que le corría por la frente con el dorso de su mano, luego continuó.

—Soluna, no tengas miedo. Si algún día mueres en medio de la degradación, es parte del castigo que debemos pagar.

Quedé un rato recapacitando. Siempre vislumbré lo innegable de la maldición: la rueda trituradora de la fortuna, que cobra todo desliz. Había equivocado mis pasos por la tierra y lo pagaba con creces a cada instante. La gente del pueblo sabía de mi pacto con el mal. Me había entregado por entero a la adoración de un asesino que masacró a cientos de inocentes.

Una ola de calor invadió mi rostro y quise gritar, con rabia me mordí los labios y unas gotas de sangre provenientes de la cara del Capitán rodaron por mi mejilla. Mi ansiedad era inmensa, la visión de cientos de cadáveres vagando sin rumbo, abandonados a su mala estrella, comenzaba a abarrotar mi conciencia.

—¡Eres un asesino! —grité, mientras golpeaba con mis puños su pecho. Lo hice para aquietar los latidos de la conciencia, luego comencé a tiritar de frío y mis pies se aflojaron, caí sobre la tierra rocosa produciendo un sonido áspero, el hambre empezaba a hacer estragos en mi cuerpo.

Con sus gélidas manos me levantó, ciñéndome con fuerza. Fue un estrujón que, lejos de calmar mis nervios, me hizo vomitar. Me sentí oprimida por la muerte, ya no pude mantenerme en pie y me eché de nuevo sobre la arenisca de los costados de la travesía. Octavio se acuclilló junto a mí y dijo con voz quebrada por la ira:

—Si hubieras crecido dentro de un batallón de combate, obedeciendo sin chistar, te sorprenderías al ver de lo que eres capaz, podrías asesinar para salvar tu vida. Hay un demonio dentro de cada uno de nosotros—. Al decir esto, paseó la vista sobre los espectros que colmaban el campo.

—¡Yo no! —me defendí y quise golpearlo nuevamente, pero bajé las manos.

Hasta ese momento no me había dado cuenta de la capacidad del hombre para el vandalismo. Hay individuos que no tienen salvación, para poder socorrerlos hay que viajar con ellos al abismo. Concebí sentimientos encontrados de odio y amor. ¿Qué hacía allí tratando de apartar a un soldado de sus creencias? Le miré con los ojos atascados por la ansiedad.

—Tu amor me conmueve, pero de nada me sirve, nadie podrá devolverme a los caminos de la vida —dijo poniéndose en pie. De un salto subió al caballo y todavía quedó un rato mirándome, luego agregó:

—Aléjate de mí, vuelve a la aldea con tu marido. Los asesinos merecen asesinos, no mujeres con pasiones enfermizas. Cuídate, Soluna, siempre al final de la vida los caminos se cruzan y acabarás perdonando a tus enemigos, verás que son tan desdichados como tú. Ah, no estés tan segura de que salvarás tú alma, no eres más que una hechicera.

Apreté los ojos con fuerza para no llorar.

# LXII

Se levantó y, rodeado por aquel ejército de espanto que lo seguía a todas partes, se encumbró en el caballo y, moviendo las plumas de su morrión, partió raudo hacia donde le aguardaban sus soldados.

—Cuando tú recobres la paz, ya estaré en el infierno —dije, ahogada por el polvo que levantaba el caballo, pero no me escuchó. Sola quedé mirándole marchar, sin saber si de nuevo lo vería.

Resignada, me volví de espaldas al sitio por donde lo vi desparecer, y fue entonces que una turbamulta de mujeres y hombres enfurecidos irrumpieron delante de mí, gritando maldiciones. Me ataron las manos y me condujeron medio desnuda rumbo al pueblo, halándome por una soga amarrada al cuello, como una bestia cualquiera. No quise defenderme. Esta vez me entregué al desatino sin chistar, convencida de que sería el único modo de ir tras él.

No pedí clemencia. Sobre mi espíritu gravaba la maldición de ser considerada una bruja. Desde la tierra arenosa que rodeaba la explanada donde me ahorcarían, me detuve y observé la escena. Una gran armazón de madera levantada a dos metros del suelo, sobre otra más baja, donde reposaban los dignatarios del pueblo arrellanados en aparatosas butacas, acompañados de sus mujeres. Olegario, vestido de fiesta, junto a su nueva señora, me miraba desafiante. La bandera española ondeaba serena, ajena a aquel espectáculo.

No me importaba lo que harían conmigo, estaba dispuesta a lo peor. Sería libre mi cuerpo maltrecho; y mi alma volaría, por fin redimida de falsas acusaciones.

El señor cura se subió sobre un pequeño estradito en los andamios y, con aire de fastuosidad, expresó:

—Por fin hemos apresado a Soluna, la cual se ha valido de la confianza que pusimos en ella para traicionarnos de la forma más vil. Pesa sobre ella la maldición de saber que no es más que una solapada hechicera que ha ofendido a este pueblo, convirtiéndolo en un verdadero infierno. La hemos capturado mientras hacía tratos con un demonio.

Un murmullo recorrió la multitud. Continuó:

—Ahora mismo pagará todos sus pecados con la vida —dijo mirando la horca.

A una señal suya, los dos verdugos me sujetaron con sus manazas. Una vez sobre el andamio, miré en derredor.

Todo el pueblo se había reunido para disfrutar mi padecimiento, los que me odiaban y también los que me debían algún favor. Con paso firme subí los tres escalones. Por fin en lo alto, alcé la frente. No tenía vergüenza ni remordimientos, era inocente y de alguna manera sería redimida al final.

Me ataron una soga al cuello y un saco repleto de piedras a los pies, luego me fueron alzando lentamente de un madero que antes habían enraizado. Sentí que me asfixiaba, eché una última mirada alrededor, todos me observaban con curiosidad no queriendo perderse ni un solo detalle. El señor Cura y sus sacristanes, con sus juramentos perversos, el capitán Pedáneo, las alcahuetas, las comadres, los indigentes, la muchedumbre completa.

Según izaban mi cuerpo comencé a sentir un efluvio ardiente en el rostro y mis ojos se nublaron. Ni siquiera tenía derecho a patalear, los lastres que llevaba conmigo pesaban mucho para un organismo tan debilitado. En algún momento creí que mi cuerpo se partería en dos, pero aguantó.

Sentí al principio una languidez mansa, hasta que mi respiración se detuvo. El cuello me ardía como si me estuvieran quemando. Estaba aterrada y me invadió una gran desesperación. Cerré los ojos y decidí entregarme a la muerte dejando de luchar. En ese momento las carcajadas se hicieron más perceptibles. Entonces, sentí un golpe potente en mi cabeza que proyectó mi cuerpo con fuerza sobre el andamio donde me exhibían.

De pronto, me vi tendida sobre las tablas de la tarima, flácida como una muñeca quebrada. Eché de nuevo una mirada en derredor, todo había adquirido un tono rojizo. Pude ver a la muchedumbre huyendo, alejándose de mí. Lanzaban aullidos mientras se empujaban.

Elevé con trabajo las manos a mi cuello y por fin tomé aire, un estremecimiento recorrió mi espalda, tosí en convulsiones, mientras los fluidos de mi estómago afloraron a mi garganta, volví los ojos hacia el sitio donde permanecían mis verdugos y el Gobernador de la Capitanía. Les observé con los sentidos ofuscados y los ojos llenos de lágrimas, se santiguaron varias veces y concibieron extrañas plegarias al cielo, luego me volvieron la espalda y se marcharon veloces.

Fue en aquel instante que me enteré de lo que pasaba, al escucharles:

—¡Está viva! ¡Está viva la traidora! —el corazón me dio un vuelco—. ¡Ha sobrevivido a la horca, es una verdadera bruja! —gritaban.

Palpé mi cuello. ¡Estaba dolido, pero ileso! Me estiré lentamente para, una vez tendida, recuperar las fuerzas. Incalculable fue el tiempo que permanecí allí tumbada. Las piernas poco a poco comenzaron a cobrar potencia, mis ojos vieron otra vez con claridad, y el ardor de mi cabeza se disipó. Alzando la vista, me encontré con la horca. Aquella soga estaba partida y colgaba como un martirio inútil.

El sol estaba a mitad del cielo, calculé que era mediodía. Suspiré muy hondo para resarcirme, desaté mis pies apartando lejos aquel costal de pedruscos, y por fin me enderecé. Mi corazón palpitaba más que nunca. Estaba viva y sola, mis calumniadores se habían marchado dando gritos de espanto. Enderecé el cuerpo, bajé del andamio y decidí regresar. Volvería a mi casa en el Collado, no tenía otro lugar a donde dirigirme.

Mucha gente festejaba el final de la guerra, habían organizado parrandas y convites, y caminé las calles de vuelta, sin que nadie reparara en mi presencia.

La soga quedó amarrada de aquel suplicio hasta que la desmenuzaron las auras y los vientos, los odios y las lástimas. De vez en cuando cruzaba un caminante por allí y, al recordar el incidente, caía de rodillas, lanzaba una plegaria, luego se persignaba y se iba sin dar la espalda: temían que mi fantasma los persiguiera.

# LXIII

Había cruzado parte del pueblo sin que nadie intentara detenerme. Me dirigía hacia las afueras, rumbo al Collado.

De pronto, apareció Olegario acompañado por sus peones, llevaba un sable en alto y su mirada reflejaba rabia. Quedé tiesa, no tenía cómo huir. Mi vista se consumió de un golpe.

Cuando pude volver a abrir los ojos, circulaban frente a mí los fallecidos en la guerra. Eran miles y sus caras se contraían en gestos de dolor.

Olegario se alejaba, seguido por sus hombres, parecía que volaban.

Por más que busqué alrededor, solo alcanzaba a distinguir cadáveres insepultos. Juzgué que era una alucinación causada por el hambre y el agotamiento, así que enfilé mis pasos de nuevo hacia el pueblo, donde no habían concluido los festejos.

Quienes antes aparentaban no verme, ahora se santiguaban y huían. Solamente los fantasmas de la Reconcentración me seguían los pasos.

Me sentía abatida.

Entonces, lo vi aparecer con el rostro crispado y sin aliento. Al llegar a mi lado, se tiró sobre la tierra.

—Soluna, no puedo ir con el Capellán que me bautizó cuando nací, ni siquiera puedo irme con el ejército al que capitaneé, no tengo fuerzas para cruzar los mares, estoy acabado.

Señaló a un punto a su espalda y vi acercarse en tropel numerosos soldados flotando en un limbo espeso. Todos, españoles y cubanos, al fin fundidos, sobrevolaban sin resuello a merced de los vientos, circundando los sitios donde perecieron.

Octavio y yo nos tomamos de la mano y caminamos hacia el Collado.

De todas formas, seguí viviendo en el recuerdo de los habitantes del pueblo, esto me mantiene con vida.

# NOTA DE LA AUTORA

Quiero agradecer profundamente al gran intelectual mexicano, Doctor Fredo Arias de la Canal, por su empeño en difundir la literatura hispanoamericana más allá de nuestras fronteras, y por salvaguardar el patrimonio literario de toda América y España.

También deseo manifestar mi agradecimiento a los escritores cubanos Ileana Álvarez y Francis Sánchez, ambos reconocidos en el mundo literario hispano por sus libros, premios y trabajo cultural.

La novela *Soluna. Embrujos de amor y guerra,* está basada en hechos reales, la fragüé mientras realizaba una investigación histórica. Usé datos sobre la Reconcentración extraídos de los Archivos Nacionales por tres investigadores del municipio de San Nicolás de Bari: Marlén Vázquez, Delfina Mato y el Doctor Ernesto Milián. En cuanto al número de fallecidos y las causas de defunción, quisiera añadir que este pueblo resultó uno de los más asolados durante la Reconcentración.

El monólogo de Soluna ante la luna está inspirado en «Carta a mi cuerpo», un texto de May Jane. Asimismo, se han utilizado abundantes datos de la *Historia del municipio de San Nicolás de Bari,* un libro de texto (180 páginas) en el que trabajé cumpliendo las funciones de historiadora del municipio.

Agradezco a Dayana Acosta Sierra, mi hija menor, que ha sido durante mucho tiempo un ángel protector sobre mi espíritu, sin la ayuda de ella no hubiera terminado ninguno de mis libros. Y a Yasmín Hernández Sierra, mi hija mayor, por su ayuda, dedicación y desinterés.